司命

上

九鷺非香 著

司命，主萬物命格。
若說有願，司命最大的願望，
便是能照自己安排的生活來過一次。

司命

目錄

司命

楔子

司命，主萬物命格。

然而她卻無法安排自己的命運。若說有願，司命最大的願望便是能照自己安排的生活來過一次，成為自己筆下的命定之人。

迷迷糊糊地掉入混沌之中，她不知這是什麼地方，好似沒有底一般，一片漆黑。

她閉著眼任由自己不斷地往下墜，忽然，背脊好似觸到一塊堅硬的鐵牆，止住了她的下墜之勢。她伸手一摸，指尖一片寒涼。鐵牆微微一動，她定下心神，立即開了天眼。

不遠處，兩點亮光一閃而過，緊接著，她後背貼著的這塊鐵牆劇烈抖動起來。她腳下使力一躍而起，飛至空中，回頭一看，即便散漫如她也不由得駭然。

「坑神啊。」

朦朧的煙霧纏繞中，在她身旁竟是一條蜷縮而眠的巨大黑龍。

龍，上古神物，早已寂滅在悠遠的歲月之中。

黑龍醒來，蜷起來的身子漸漸舒展開來，令人戰慄的霸氣也隨之蔓延而去。他轉頭望向立在他身前的女子。「汝乃何人？」

龐大的氣場壓得司命一陣胸悶，但她素來是個逞強的人，挺直了背脊，直視黑龍的雙目，她道：「九重天上司命星君。」

「司命？」

「司萬物命格。」

黑龍無言打量司命半晌，倏爾一聲嘶鳴，其聲渾厚，震得司命肺腑均裂。

「天生萬物，區區小物竟妄圖司萬物命格，命由己造，吾且看看妳待如何司吾之命。」

司命一把抹乾淨唇角的血，老實搖頭。「我沒那麼大本事。但是即便我不能書寫你的宿命，我也知道這世間早已無龍。此處氣息停滯，無絲毫靈力流動，比起棲息之地更像是一個囚籠，隔絕了與外界的聯繫。你說命由己造，卻被圈禁至此。連自由都沒有，又怎麼造你自己的命？」

「出此挑釁之言，不怕吾下殺手？」

「我心中尚有牽掛，還不想早死。但是現在實力差距很明顯，你若要殺我，不是我幾句好話便能阻止得了的。左右我打不過你，不如在你對我動手之前多說幾句話，最好能將你氣死，如此我倒還能逃出生天。」

黑龍聽罷這話，不怒反笑，倏地騰空而起，捲出的巨大氣流帶得司命一個踉蹌，在空中翻了好幾個跟頭才立穩。

司命恨恨地望向黑龍。「我是有身分的人，可殺不可辱，更不可褻玩！」

黑龍道：「妳倒有趣。吾在此孤寂已久，能得一物相伴也是趣事。司命，妳若能令吾時時開顏，吾便留妳性命，如何？」

司命暗自琢磨了一會兒道：「留我一命並不足以讓我腆著臉來逗你開心，這是個腦力活，我要別的好處。」

「司命，妳是頭一個敢與吾談條件的。」黑龍頓了頓。「且說來聽聽。」

「古書上記載，龍渾身是寶，我向來不信這話，你讓我驗證一下。」

「如何驗證？」

司命目光灼灼地盯著黑龍道：「拉坨便便來看看，是不是寶？」

黑龍無言了好一陣子。「換個簡單的。」

司命不解。「排泄有何困難？若是困難，我幫你掏一掏。掏一掏便通暢無阻，順滑非常啊！」

「吾數萬年不食五穀，何來穢物？」黑龍望著司命。「妳這是什麼眼神？」

司命撇了撇嘴道：「大黑龍，橫豎咱倆現在也是一根繩上的蚱蜢，你出不去，我更出不去。咱們要一起待上許久，這些事你不必瞞我。便祕也是病，得治。」

黑龍沉默。

司命捂著嘴偷笑了一會兒，道：「前面皆是我尋開心的玩笑話，你別當真。但是不管怎麼說，咱們現在都待在這個暗無天日的地方，你用我來尋樂子，我自然也用你來尋樂子，獨樂樂不如眾樂樂。讓你開心我才能活命這種話說出來只能增加咱倆之間的隔閡，彼時，我愁眉苦臉，你也沒好處。」

司命抱拳鞠躬，巧笑倩兮道：「大黑龍，交個朋友如何？這職位做得太久，我原來的名字都忘了，你就喚我司命便可。」

龍身在司命面前盤踞，兩隻在混沌之中閃著幽光的眼輕輕眨了兩下。

「吾名長淵。」

「長淵，你有一個好名字。」

「司命，妳有一副好性子。」

司命

第一章

彼其之子，美無度

三界外，上有萬天之墟，下有無極荒城，皆是無日月、無生靈的死寂之地，有進無出。與幽禁罪大惡極之徒的荒城不同，萬天之墟更為寂寞沉靜，那處乃是囚龍之地——

囚了這世間最後一條龍。

村頭的百年大樹下，老夫子正在跟他的學生們講述遙遠傳說中的故事。藍天白雲，柔和的微風，認真傾聽故事的學生，一切平淡而美好。

夫子很滿意。

突然一滴略帶黏膩的液體滴落到夫子臉上，夫子不甚在意地抹去，望了望遠處的天空，並未見有半分下雨的跡象。

「啊。」學生小胖三呆呆地望向夫子頭頂的粗壯樹枝。「夫子，爾笙。」抬頭一望，一個十二、三歲的女孩像貓一樣趴在樹枝上，四肢無力垂下，臉貼著樹幹睡得正香。微開的唇邊蜿蜒出一抹晶亮的液體，滑過樹枝，滴下。

「哎呀！」

正中夫子的眼睛。

學生們哄然大笑。夫子擦乾了眼，怒極而起，想抓住爾笙好好打一頓。

被學生們的大笑鬧醒的女孩見形勢不妙，一個俐落地翻身，跳下樹，身形靈活地躍過兩個小土丘，轉過頭來不忘對夫子啐了口唾沫，隨後急急忙忙跑不見了蹤影。

夫子氣得跳腳，鬍鬚都豎了起來，學生們更是笑得開心。

適時，陽光和煦，晴空萬里。

「臭老頭。」爾笙踢開腳下的石子，邊走邊嘟囔著。「有點窮酸氣就了不起哦！會講故事了不起哦！我才不希罕聽你的故事呢。」堵著氣，爾笙將腳下的一塊石子狠狠一踢，腳趾頭立即傳來尖銳的疼痛，還不等爾笙叫痛，一聲高呼便自田坎下傳來。

「他奶奶的！誰扔的石子！」

爾笙心道不妙，顧不得腳下的疼痛，拔腿便跑。田坎下做農活的漢子已經看見了爾笙，大聲喝罵道：「又是妳個小王八羔子！有娘生沒娘養的狗崽子！」

等跑遠了些，爾笙估計著漢子暫時抓不到自己，對著他拍了拍屁股又做了個鬼臉回敬道：「關你屁事！你個挨小王八羔子打的大王八羔子！」

漢子徹底怒了，放下農具便追過去。「看老子今天不收拾妳！」

爾笙向漢子那方豪邁地吐了口口水，轉身就往村後的樹林裡跑。村人們迷信樹林裡有妖怪，不敢追進去。

漢子立在樹林外面破口大罵。有村人聽不下去，勸道：「你跟她一個孤女計較什麼，那孩子命中帶煞，一家人都被剋死光了，你小心跟她接觸。」

漢子啐了口唾沫。「真噁心。」甩著膀子走了。

爾笙對著他的背影做了個鬼臉又重重哼了一聲，轉身便往林子深處走去。越往林子深處走，視野越開闊。樹林的最深處有一汪幽深的潭水，沒有來源、沒有去處，卻常年保持著清澈。無風無波時能清楚地看見潭底的殘木斷枝，也不知是什麼時候掉進去的。潭邊四季都開著不知名的白色小花，毛茸茸的，看起來十分可愛。

爾笙對村人的膽小很是不屑，她想，迷信什麼上古傳說、妖魔鬼怪，他們不到這林子裡來走一走，永遠都不知道這裡到底有多美。

爾笙坐在潭邊的一塊石頭上，脫了鞋，把髒兮兮的襪子隨手一扔，掰著腳丫子看了一會兒。大腳趾的指甲蓋已經踢翻了，在跑動的時候出了不少血。她咬牙，忍著疼痛生生將翻過去的腳趾甲扯了下來。鮮血流出，爾笙將腳泡進冰涼的潭水中，嘴裡嘀咕著：「居然敢噁心姑奶奶！今晚就去你家後院拉幾坨屎，糊在你家菜籃子上，噁心不死你。」

望了一會兒自己在潭水中慢慢散開的血，爾笙仰頭躺在石頭上，睜著眼看著藍天之上飄過的朵朵白雲。

「妖魔鬼怪？哼！如果有妖魔鬼怪為什麼不出來讓姑奶奶看看？」回應她的只有風穿過樹林的沙沙聲，爾笙哼了一聲：「村子裡的老傢伙們就知道編排故事騙人。」

她閉上眼，在水中晃著腿，一搖一搖地醞釀睡意。

天空中一道黑影蜿蜒劃過，籠罩過她的身體。爾笙敏感地睜開眼，天還是那片天，雲還是那幾朵雲。微風依舊徐徐地吹，樹木依舊沙沙地響，沒什麼不一樣。

她撇了撇嘴，暗罵自己疑神疑鬼。

忽然，一陣狂風大作，逕自將她扔在石頭上的髒襪子颳走。她碎碎罵了句「奶奶的」，緊接著地面似乎被什麼巨大的東西撞擊一下，猛地顫動起來，爾笙被抖得從石頭上滾下去。

饒是她天生膽大，此時也被這陣詭異的妖風和奇怪的抖動弄得有點怔然。艱難地從石頭後面爬出來，耳邊忽聞一聲駭人心魄的動物鳴叫，其聲渾厚，震得她胸口劇痛，生生嘔出一口血來。腦子暈乎成一片，她通紅著眼望向傳來聲音的那一處。

那巨大的黑色影子在她眼中投影成此生絕不會忘記的驚悚印記，爾笙張大了嘴，恨不能將眼睛凸出來。「妖……妖……」

一條、一條……猙獰的巨大蛇妖！

身覆黑甲，頭有兩角，有腳而五爪，後背有鰭，身粗如參天大樹之幹。

「妖蛇！」

爾笙心臟驟停，雙眼一翻，身子僵直，像塊木板一樣往後一倒……本來她是可以如願暈死過去的，但倒下去的那處恰巧有塊碎石頭，後腦杓磕在石頭上，一陣尖銳的疼痛之後，她又稍稍摔清醒了些。

原來村後的林子裡真的會出現妖怪。爾笙迷迷糊糊地想，村裡的老頭子們說的那麼多屁話當中，居然有一句是真的。

但是既然有妖怪了，為什麼還沒出現鬼魂呢？阿爹、阿娘的鬼魂為什麼不到這裡來遊蕩遊蕩呢……

蛇妖的嘶鳴只有那麼一聲便消失了，而爾笙的耳鳴卻持續了好久。暈暈乎乎地捂著後腦杓坐起來，她呆了半晌，才恍然想起此時自己應該往村子裡跑，逃命才是。

搖搖晃晃地站起來，爾笙不知是顧不得穿鞋，還是根本就忘了穿鞋，尋了一個大致的方向就踉踉蹌蹌地往那處奔去，腳步比喝醉的酒鬼還要虛浮。

路邊的白色絨花越走越多，樹木越來越少，遠方儼然成了一片白色的花海。爾笙迷糊得全然顧不得周遭的景色自己是不是熟悉，此時在她腦子裡就只有逃命一個念頭。

爾笙不知不覺中已經闖入樹林的腹地，跌跌撞撞，像個誤入仙境的莽撞凡人，跑過之地驚起無數飛絮亂舞。

奔上一個小坡，爾笙居高臨下地遠遠一望，倏地怔住。

遠處是一棵巨大的參天之樹，樹冠繁茂，比村中最老的老榕樹還要大。而在大樹之下，一名渾身是血的黑袍男子靜靜倚著樹根，閉眼坐著。

白色的花、黑衣的男子，漫天絮絮繞繞的落英在他身邊紛飛成一幅極美的畫，將那方天地描繪成另一個世間。

像是受到蠱惑，爾笙忘了逃命，忘了方才看見的「蛇妖」，只將那個男子痴痴地看呆了去。

微風劃過，捲起幾絲絨花調皮地貼到她臉上。鼻尖微癢，爾笙猛地一驚，這才想起現在不能在這林中久待。甩了甩頭，讓自己清醒些許，她左右望了望，沒看見「蛇妖」，這才大著膽子向那人跑去。

他一定是被蛇妖弄傷的吧。爾笙如是想著，那麼她今天如果救了他，就是他的救命恩人了。成了恩人，就可以讓他報恩了。

報恩……就以身相許好了。

待爾笙走得近了，才發現他的身邊盡是斑斑血跡，染得四周的絨花一片猩紅，在純潔的花海中透出一絲妖異的美麗。

爾笙小心翼翼地挪去他身邊，不知為何，這個男子身上有股莫名的氣息讓她害怕。但她向來膽大，除了方才那般妖怪，越是奇怪的東西她就越是想搞明白。彎下腰，爾笙伸出食指遲疑地戳了戳男子的手肘。

沒有反應。

她勇氣更足了，伸手拉了拉他的衣袖。

依舊沒有反應。

爾笙蹲著往他身邊走了兩步，湊過臉去細細打量男子的容貌。精緻的面容，完美一如天人。爾笙突然想到有一日老夫子領著學生們搖頭晃腦讀的那句詩，當時不懂是何意，但現在她想，她或許也有這樣的感覺了——

彼其之子，美無度。

美無度。

爾笙突然捂住自己的心口。「奇怪，跳得好快。」

輕柔的一句呢喃卻驚擾到了那個男子，他眉目微微一蹙，雙睫輕顫，睜開了眼。

幽黑的眼眸，一如承載了萬千繁星的夜空。當爾笙的身影映入他眼中的那一刻，疑惑一閃而過，殺氣剎那迸現。爾笙被這突如其來的殺氣駭得腿一軟，一屁股摔坐在地。

「我沒有惡意，我是好人！」爾笙立刻為自己辯解。

那人哪聽她解釋，長臂一揮，作勢便要掐她的脖子。

爾笙對於逃命的反應也是相當的快，蹭起身子轉身就跑。男子見她要跑，手往前一抓，堪堪抓住爾笙的褲子。

爾笙不管不顧地往前一掙，兩人都使了現在自己最大的力……

所以……

爾笙只覺臀部一涼，她的褲子被生生扒了下去。

爾笙素日是過得自我了些。

因為家裡人都去得早，她一個人像個混小子般過了許多年，吃喝用度全得靠自己死皮賴臉地去磨，所以她不似一般女孩那樣害羞。但！即便是個男孩被人扒了褲子，怕是也得哭上一陣子吧！更何況是內心其實非常敏感的爾笙。

她驚慌地將褲子拉上來，手腳並用地爬出去老遠，回過頭，含著淚，一臉驚惶地望著那人。

那人也沒想到會弄成這樣，眼中也劃過一抹詫然與尷尬，但當他瞧見爾笙胯骨之上的紅色印記時，防備之色漸消，神色也慢慢柔和下去。

半晌之後，那人沙啞著嗓音問：「司命？」

爾笙怒了。這貨扒人褲子不說，扒完之後居然還叫一個莫名其妙的名字，這種行為就像是給了你一巴掌然後再跟你說打錯人了。

她趴著繫好褲腰帶，抹了兩把淚，罵道：「司你大爺！姑奶奶叫爾笙！這年頭救人還被扒褲子，姑奶奶再也不做好人了。」

那人幾不可見地皺了皺眉，似自言自語地呢喃：「下界投胎，忘記了嗎？」

爾笙趁他分神，站起身，又往後退了些許，估計著這人一時半會兒也抓不到自己，她對他吐了吐舌頭，做了一個極醜的鬼臉，然後轉身便跑，頭也沒回。

男子並未追去，他倚在樹根下，目光追著她漸行漸遠的背影突然嘆了口氣。「怎生投成這麼一副脾性，實在是……過於神似。」

他摸了摸胸口的傷，神色微動。重傷，讓他失了所有的神力，不過總算是從那個地方逃出來了。

他看了看頭頂紛飛著落葉的巨樹，又望了眼遠處蔚藍的天空，平靜的黑眸中忍不住泛起幾許激動的波光。

司命，外界天地當真一如妳所說的那般美好。

同一片蔚藍的天空下，爾笙總算是奔出了村後的森林。路邊村頭劉家的兩個孩子正在玩鬧，她喘著粗氣，喊：「鼻涕劉兄弟！快給我過來！」

兩個孩子小，平日在大人那裡聽的都是關於爾笙不好的話，自是不待見爾笙，哥哥、弟弟互相望了一眼，扭頭就跑。

「你們有沒有瞅見蛇妖啊！喂！」爾笙氣得跳腳。「這兩個死鼻涕小孩兒！我又不打你們，跑個屁！」她突然想起什麼，拍了拍腦袋道：「對！我也得快跑，離樹林遠些，省得蛇妖出來看見我，第一個把我吃了。」

然而她在自己那個破木屋的家裡坐了一下午，也沒見有什麼蛇妖從樹林裡出來。

村子一如既往的寧靜，在林中看到的一切彷彿都是她產生的幻覺。臨近傍晚，夕陽西下，爾笙有些坐不住了。想到她在林中看到的那個極美的人，心裡癢了又癢。

爾笙尚還記得母親在她很小的時候便告訴過她，女子註定是要嫁人的，嫁一個好人以後，一輩子才能過上好的生活。爾笙深以為然。

她覺得那個人比村裡所有男人加起來還要好看，應當也比村子裡所有男人加起來都要好。如果這麼一個人可以每天陪著她，如果她嫁給了這麼一個人，如果她可以帶著他滿村地亂逛——

這應當是一件多麼令人驕傲的事情啊！

爾笙眼眸亮了亮，繼續深思，她沒有父母，沒有嫁妝，村裡的男人都不想要她，她的終身大事還是得靠自己死皮賴臉地去磨才行。現在正巧有個陌生男人撞槍口上了，這男人不了解村裡的行情，她大可將他騙上一騙，彼時成了親，有了孩子，他就是想跑也跑不掉了。

爾笙越想越激動，正巧方才那人也看過她光溜溜的屁股了。依著規矩，自己也理當嫁給他才是。

如此一琢磨，爾笙徹底坐不住了，站起來便往林子裡跑，滿腦子皆是「成親」二字。蛇妖？蛇妖也不能和她搶男人。

爾笙想：他滿身是血，應該受了不輕的傷，就算要走也走不了多遠，肯定還在那個地方待著。

事實上，男子確實也還在那處待著。他受傷之重，不僅失了神力，連起身行走都非常吃力。正閉目養神、調理內息之際，忽聞遠處有個聲音由小及大，漸漸向他靠近。他睜眼一看，那個從花海之中一腳深、一腳淺地飛奔過來的人影可不正是爾笙。

爾笙拚命地揮著手。「美人！美人！」

男子又皺了皺眉，剛才她逃命一樣地跑了，現在又不要命地跑回來……還真是司命的作風。

爾笙哪裡知道他在想些什麼，在離他十步遠的地方忽然站住身形，正色問他。「你剛才是不是要殺我？你現在是不是要殺我？」

「方才是，現在不是。」

爾笙點了點頭，隨即便一下撲到他面前，笑得燦爛。「美人芳名？」

「長淵。」

「長淵家住何方？家中可有妻室？」

長淵望她。「妳待如何？」

爾笙從衣袖裡掏出一把做工拙劣的短劍，遞給長淵，鄭重道：「自劍。」

應該是自薦吧……

長淵默了默，沒敢接過那柄劍。爾笙糊弄道：「此乃我祖上留下來的傳家之寶，我自願獻上此劍，呃……那啥來著，嗯，與你共組一個家庭，共生一堆小屁孩。」

長淵盯著那柄短劍，道：「妳是我的摯友，司命。」

「我是爾笙。」

望著女孩執著的眼，長淵突然有種想嘆氣的衝動。「我不娶妻。」

「為何？」

「找不到合適的。」長淵想，因為這世間只剩他一條龍了。

爾笙自顧自地將他的意思琢磨了一番道：「所以你的意思是，你現在還看不上我囉。」

長淵怔然，沒想到她會得出這麼一個結論。他暗自琢磨一下，認為爾笙是如何也達不到龍的要求的，隨即點頭道：「也可以如此說。」

爾笙也不氣餒。「既然如此，你要怎麼才能看上我？」

長淵搖了搖頭，不知該如何與她說明龍的擇偶標準。身形似蛇，有鱗甲，頭有兩角，角似鹿？她或許一個也達不到。

兩人乾望了許久，爾笙深吸一口氣。「好！我懂了！」

妳……懂什麼了？

不等長淵問出口，爾笙轉身便往村子跑去，只在風中留下一句吶喊。

「你等著我啊！明天我還會過來的！」

長淵重傷未癒，他即便是想走也走不了。他望著小小的身影風風火火地跑了，唯有搖頭，半是無奈半是好笑的一聲輕嘆。

翌日，爾笙欣喜地捧著一堆亂七八糟的東西跑到他面前。嗅到的味道讓長淵覺得很是不適，他微微皺眉，問：「這些是什麼？」

「食物啊。」

這理所當然的回答讓長淵默了默。

「你在這裡受了傷動不了，沒水喝又沒東西吃，遲早有一天得餓死。我就拿食物過來把你的命吊著，等你傷好了，我就是你的救命恩人了，到時候你就要報恩。我已經想好了，你孤身一人到這裡來的，身上也沒有其他的東西，多的我也不要，你把你人給我就好。」

「司命……」

「我是爾笙。算了、算了，現在先不說這個，你看看這個！」爾笙指著自己手中的東西道：「黑色的是豬骨蟲，一種長在豬骨樹上的大蟲子，很是鮮美。這個紅色的是噗噗蟲，生活在土裡，牠挖巢的時候會有噗噗的聲音，吃起來很有嚼勁。還有這個藍色的，這個是我最喜歡吃的，因為牠都長在樹葉下面，所以很乾淨，不用洗就可以生吃，嚼起來脆脆的，只是沒人告訴過我牠的名字，我就叫牠嘎崩嘎崩脆脆蟲。」

全是……蟲子。

長淵慢慢把視線轉到爾笙臉上。「妳喜歡吃這些？」在他的印象中，司命喜歡吃的東西似乎與這些完全不一樣。

「我就是靠牠們養大的，你別瞧牠們長得不咋滴，到嘴裡那是另外一種銷魂的美味啊！」爾笙將手中的蟲子往長淵面前一推，鼓著一雙大眼睛望他。「嘗嘗。」

遠古的記憶已經模糊，長淵只記得遠古人類食五穀、烹野獸，卻不知道對於現在的人類來說什麼是正常的食物，他只是不想吃聞起來就那麼……不友好的東西。

他搖了搖頭。「我不餓，無須進食。」

爾笙也不再勸，自己捉了那條藍色的蟲「嘶溜」一下吸進嘴裡，一邊嚼一邊含混不清地說：「那等你餓了我再捉過來送你吃，這些就是我的了。」

長淵靜靜地看著爾笙將蟲子一條一條吃掉，那副津津有味的模樣讓他幾萬年來不曾動的胃微微蕩漾了一下。

「很好吃？」

爾笙斜了他一眼，一邊嚼著嘴裡的豬骨蟲，一邊撿了條小一點兒的噗噗蟲塞進長淵的嘴裡。不等他反應過來，爾笙已把長淵的嘴捂住，非常霸氣道：「嚼。」

長淵臉色黑了黑，無奈吐不出去只有依言嚼了嚼。初時的腥味散去，一股濃郁的香甜之氣自脣齒間散開，他頗感意外地挑了挑眉；而更意想不到的是，不等他將其吞嚥，腹內已經緩緩升騰起一股溫熱的氣息，慢慢行遍四肢百骸，將他重傷後僵冷的肢體逐漸溫暖了。

爾笙此時已經吃得只剩最後兩條脆脆蟲，她看了看長淵一眼，問：「你還要嗎？」

話問出口之後，她已經作勢將兩條蟲都放進嘴裡，長淵卻出乎意料地說道：「要。」

爾笙嘟了嘟嘴。「喏，給你一條。」

這次長淵沒有半分猶豫地將蟲子嚼爛了吞掉，腹內果然又升湧出一股暖流。長淵順著體內氣息的運走方向凝神斂氣，一絲微薄的神力慢慢在血液中凝聚，雖然細小，但也足以讓他欣喜不已。有了神力，傷口癒合就只是時間的問題了。

「你現在吃了我的東西，已經有半個人是我的了。」爾笙拍了拍長淵的肩。「照理說，你應該跟我回家才是，但是現在你傷重走不得路，我大概也沒那個力氣拖你回去。所以等你傷好能走路後，再與我一起回去拜堂成親生娃娃吧。」

根本就不給長淵說話的機會，爾笙又道：「昨天是我疏忽了，晚上忘了給你拿條被子來，你等著，我這就給你拿去。」說完就風風火火地跑了，徒留長淵在白色花海中一聲無人聽聞的嘆息。

「我不娶妻的……」

長淵這一等就等到了第二天早上。

樹林中霧氣繚繞，襯得這一片絨花巨樹更像是一方仙境。長淵正閉目養神，忽聽有急促的腳步往自己這邊跑來，他微微睜開眼，心道，現在的司命直爽不變，卻比之前莽撞了不少。

「長淵、長淵，昨晚沒凍著吧！」

看見那個抱著一團被子穿過薄霧向自己跑過來的爾笙時，長淵微微一怔。爾笙則是一邊唸叨著「對不起」，一邊將被子替他搭上。細心地蓋好。

長淵看了她很久才把目光移開，空氣靜默了一會兒，只聽長淵淡淡道：「臉怎麼了？」

爾笙替他蓋被子的手微微一僵，沒好氣道：「被豬扒了。」

其實爾笙這一臉青青紅紅的傷是被隔壁家的朱老二打的。

爾笙家裡的被子薄，她怕不夠抵禦樹林裡的寒氣，便到隔壁朱家去借厚被子。朱家嫂子是個憨實的婦人，心腸軟，爾笙幾聲央求她就答應了，恰恰把被子從屋裡面抱出來時，碰見了大白天就喝得醉醺醺的朱家老二回家。那人就是村裡的流氓，平日裡橫行鄉里，憑著長了一身橫肉欺壓弱小，之前爾笙就沒少挨過他揍。

爾笙看見他，搶了被子拔腿就跑。朱老二往門口一堵，像拎小雞一樣拎起了爾笙，酒氣熏天道：「偷我家東西？」說完就對爾笙一頓好打。

朱家嫂子嚇得夠嗆，生怕打出了人命，喊了家人出來一陣好勸，才把朱老二攔住。

爾笙一聲沒吭，扛著被子就跑，等回到自己的家收拾了東西想去找長淵，腦袋卻暈乎得受不了。抱著的被子又軟又暖，她捨不得放，就在床上睡一會兒，卻沒想到這一睡就逕直睡到了清早，這才急急忙忙地趕過來。

當然爾笙是不會將此間事端講給長淵聽的，長淵也沒多問，心中卻明瞭她被別人欺負了的事。

等爾笙把被子給他蓋好之後，長淵忽然道：「此處靈氣氤氳，連生養出來的蟲子都是療傷聖物，妳自小在這裡長大，又以這些蟲子為食，想來體內定積聚了不少靈力。若是稍加修煉，短日內雖習不會高深的法術，但是在人界自保肯定是綽綽有餘的。」

爾笙望著他，一臉茫然。「什麼意思？」

「司……爾笙想習道法之術嗎？」

「那是什麼？」

長淵默了默，換了個簡單的說法。「與尋常人打架之時絕不會輸的辦法。」

爾笙眸中精光大盛，狗腿地握住長淵的手，目光灼灼地盯著他。「長淵能教我嗎？」

不等長淵點頭，爾笙已經撲了過去。「相公、相公！我就知道我沒看錯人的！」

長淵開始教爾笙修習法術。

他只能言傳，無法身教，但爾笙本身就聰明伶俐，對長淵講的東西很快就能理解了。一個教得用心，一個學得用功，加之她體內有長年累積下來的靈力為助，使得爾笙的成長進境相當地快。

長淵是上古神龍，自身的修為極高，在他看來，他所教與爾笙的不過是一些普通的防禦之術，殊不知他所教的這些術法，足以讓當今修仙門派的人望其項背。

爾笙卻並不知道自己能學到這些東西需要多大的機緣，她只是覺得現在捉起蟲來更容易了。隔壁家的朱老二要欺負她的時候，她能繞過他山一樣的身體溜走，更能把村裡的一夥孩子們壓得死死的了……

她每天一邊和長淵學術法，一邊把自己做的所有事都告訴長淵，今天捉了幾隻蟲、打哭了幾個孩子，事無鉅細一一稟報。長淵也不嫌煩，從來都是爾笙說著，他仔細地聽著。他習慣這樣的相處方式，因為之前與司命待在萬天之墟時也是這樣，司命說著，他聽著；不同的是，司命多數說的是自己寫的故事，而爾笙說的是自己經歷的故事。

等爾笙說完了，長淵偶爾會提兩句，什麼做得太過分了，什麼做得太缺德了。爾笙也都一一記在心裡，以後不再犯。

兩人相處自是十分融洽，爾笙告訴長淵世事，長淵教會爾笙人情——儘管這些人情也是從司命那裡道聽塗說來的。

總之爾笙的生活就這樣喧鬧而平靜地過著。

她成日成夜地盤算，這是五月初幾，過了七月廿三，她滿了十四就能嫁人生孩子了。彼時長淵的傷應當也好了，那就在八月份的時候訂個日子讓長淵把自己娶了吧。她要為自己置辦一套嫁妝，也要為長淵製一身新衣。

可是錢從哪裡來呢？新衣裳總不能向人家去賒要吧。

沒讓她愁多久，村子卻出事了。這樣的變故，她從來都沒有想過。

那日清晨，爾笙自床上轉醒，木屋的窗戶外沒有透進來往日明媚的陽光，霧濛濛的一片，好似村後樹林裡的瘴氣蔓延過來了一般。她將身上的被子往旁邊一推，就著屋裡打來的冷水刷牙洗臉一番，便像往日那樣要出去找長淵，但是，當她推開門後，卻被眼前的場景嚇得呆住。

村子裡出現了很多……人？他們衣著陳舊而破爛，裸露在外的肌膚已經全部潰爛化膿，雙眼無神空洞，漫無目的地在村子裡四處遊走。

更令人駭然的是他們的手上握著鮮血淋漓的殘肢斷骸，或是一隻手、一塊肉，又或是一個頭顱。當爾笙看見老夫子的頭顱不知被誰扔了過來，從她面前骨碌碌地滾過時，她不由得一個戰慄，「哇」地吐出一口清水。

村子裡死寂一片，她這聲嘔吐顯得無比突兀。那些殭屍一般的人聞聲，僵硬地轉過頭來，青白渾濁的眼珠齊齊盯向爾笙。

爾笙再是膽大也不由得軟了腿腳，見那些人緩緩地向她走來，爾笙心底發寒，一個縱身從自家的窗戶跑出去，向著樹林的方向一路狂奔。沿路上看見的場景更是令她膽寒，在地上躺著的這些人，所有的人她都認識，昨日她還與他們在一起，一起活著……

她不敢停下，腦海裡盡是長淵的身影，彷彿跑到他身邊，自己就能得到救贖。儘管她清楚地知道長淵重傷在身，但是她就是覺得在他身邊一定是安全的。去樹林的路從來沒有這麼漫長過，爾笙似乎要將肺都跑出來了，可是長淵還是那麼遙遠。

眼瞅著就要跨進樹林中，忽然一隻夾帶著黏膩液體的手掐住她的後頸，將她往前一摁，爾笙狼狽撲倒在地，那人張口便向她的脖子咬去。爾笙反應極快地轉過身，手掌對準那人的臉，下意識地捻了個訣，只見金光一閃，那人的頭顱逕直爆開，炸了爾笙一臉腥臭的腦漿。

爾笙顧不得噁心，抹了兩把臉，近乎是爬著站起來往樹林裡跑。然而她還沒有邁出兩步，腳下被人狠狠一拽，又摔了下去，撞到地上的石塊，被生生磕掉了一塊門牙，鮮血頓時湧出，染了她一嘴的猩紅。

爾笙捂著嘴回頭一望，只見方才被自己爆掉腦袋的那傢伙居然還用手握著她的腳踝，拽得死緊。

在他後面陸陸續續有殭屍走了過來，爾笙幾乎快嚇哭了，腦子裡一片空白，死命地去掰那隻潰爛的手。可是還沒等她掙脫這隻手，一股腥臭之氣便噴灑在她耳邊，她驚惶地轉頭一看，另一隻殭屍的血盆大口已近在眼前，她能清楚地看見那爛肉一般的舌頭和尖利的黃牙。

「啊！」再也忍不住心中的驚恐，爾笙尖叫出聲。

銀白耀眼的光華在下一瞬間擦過爾笙的耳邊，沒入殭屍的額頭，時間似乎在此時靜止，那殭屍的嘴就那樣大大地張著，沒了動作。

爾笙呆了好久，才反應過來，這殭屍已經被剛才那道白光殺死了。她怔然望向方才那光華射來的地方——一襲白底青花的長袍在半空中隨風輕揚，那女子清冷的面容好似神仙一般。女子淡淡地掃她一眼，隨即目光遙遙望向死氣瀰漫的村莊。

手中銀色長劍輕舞，她一聲無情地低喝：「殺！」

四周青光閃爍而過，爾笙這才看見在女子身後還有一排同樣穿著白底青花袍子的人。他們聽得女子的命令，瞬間便不見蹤影。

「仙……仙人？」爾笙呆呆地呢喃出聲。

忽然腳踝上又是一緊，她寒毛微立，才想起還有一個殭屍正拉著自己。她兩隻腳拚命地踢踹，終於把那手踢了下去，站起身來，心中氣不過，又狠狠踩了殭屍兩腳，這兩天長淵讓她不要說髒話的囑咐也拋在腦後。

「大爺的！害姑奶奶差點被吃掉！」

發洩了一會兒心中的恐懼，爾笙看了一眼已落到地上的女子，不倫不類地行了個禮道：「謝謝仙子救命。」言罷，轉身就往樹林裡走。

「等等。」女子喚住她。「殭屍未除，不可亂走。」

「我要去樹林裡找人。」

「林中還有人？」女子想了會兒道：「我與妳一道去。」

有人護著自己自然是好事，爾笙點了點頭。

看見長淵的那一刻，饒是清冷如那女子，也不由得愣了愣，一是愕然於那人的面容，二是愕然於那人周遭殘敗的環境——巨樹十尺開外一片荒蕪，殭屍的殘肢斷骸散了一地，儼然一幕修羅場；但是在靠近男子身邊的位置，白色絨花依舊開得可愛。

長淵似察覺到兩人靠近的動靜，緩緩睜開眼。他面色尚有些蒼白，但黑眸之中未歇的殺氣看得那女子一陣膽寒，不由得頓了腳步，呆怔在原地。

爾笙被這些腐爛的惡臭熏得一陣陣噁心，聯想到現在自己的臉上還掛有殭屍腦漿的殘留物，她「哇」地吐出一口酸水，嘔吐聲在寂靜之中顯得十分突兀。

長淵眸中殺氣漸漸散去，眉頭卻蹙了起來。「爾笙，過來。」

拍了拍胸口，爾笙吐完之後反而好受了一些，她輕輕喚了聲「長淵」，門牙磕掉一塊，說話有些漏風。她面帶著些許委屈，拔腿向他那方跑去。

「等等。」白袍女子攔住爾笙。「他並非人類。」

初聽這話，爾笙愣了一愣，她帶著些愕然地望向長淵。長淵面色不變，如往常一般靜靜地望著她。默了一會兒，爾笙推開擋在自己面前的手。

「有什麼關係。」

這話答得如此自然，倒弄得那女子有點呆怔。

待跑近長淵身旁，爾笙看見長淵的面色蒼白得嚇人，一摸他的手，發現比往日冰涼許多。爾笙的眼眶立即就紅了。「長淵你怎麼了？」

「無妨。」他壓住喉頭翻動的腥氣。「牙齒……」

一提到這個，爾笙的眼淚啪答就掉了下來，張著缺了一塊門牙的嘴嗚嗚地哭不停。

千萬年以來，長淵從沒見過誰在他面前這麼哭過，登時有點慌。「呃……可是痛極？很痛嗎？」

爾笙搖了搖頭，又點了點頭，半天才含糊不清地說：「門牙、換過了……不會長了，吃不了……吃不了東西了……我會餓死……會餓死……」

長淵一聽，臉色也有些變了，但又馬上冷靜下來，肅容問爾笙：「如此嚴重？」

爾笙點頭。

「可有補救之法？我幫妳去找。」

那副認真的表情，儼然已經認同了爾笙缺了門牙會餓死的理論。

白衣女子在後面聽了這番對話，無語一陣子，終是忍不住開口：「不過缺了顆牙，犯不著哭成這副德行。當務之急先從此地出去，殭屍殘骸散出來的屍毒於人有害。」

爾笙聽了，忙將淚一抹。「長淵能走嗎？」

長淵又看了一眼她的牙齒，然後搖了搖頭。「傷勢未癒，走不了。」

女子聽罷此話，心中暗驚。這人之前身受重傷，還能不挪一步殺掉如此多的殭屍……她不知，正是因為殺了這些殭屍，將長淵好不容易凝聚起來的神力又揮霍沒了。

爾笙卻沒有她想得那麼多，聽見長淵走不動，她只有無助地望向白衣女子。女子稍稍一思索，蜷起食指放在脣邊一吹，清靈的哨音破空而去。片刻之後，空中飛速閃過來一道銀光，堪堪落於白衣女子跟前。

光華散去，爾笙定睛一看，是一個清俊的藍袍少年。他咧嘴笑著，不倫不類地對白衣女子行了個禮。「霽靈師叔，我總算等到您吩咐我做事情了！您說吧，不管什麼事，辰渚都會拚了命做好！」

霽靈指了指長淵。「且去將那人扶上，速速離開此地。」

少年一轉身，先看見了滿地殘骸，嚇了一跳，隨後目光掃過一身狼狽的爾笙，最後落在長淵身上，苦了臉。「師叔，您就是叫我來馱人的啊……又是出傻力氣的體力活，我什麼時候才能為無方山立大功吶！」

「扶不扶？」

「扶扶扶。」辰渚見霽靈冷了臉，立即答應了向長淵那方跑去。

爾笙殷勤地將長淵扶著半坐起來。「多謝小仙長。」然而辰渚跑到離長淵還有丈遠時，忽然止住腳步。爾笙感到奇怪。「小仙長？」

辰渚聽得這聲喚，又往後退了兩步。

霽靈皺眉。「辰渚？」

「哎……」他低低應了聲，又遲疑地向長淵走了幾步，當他接住長淵投來的眼神之時，兩腿忽然微微一軟，不知為何竟生了想要逃跑的念頭。這人……這人渾身的氣勢好懾人。

辰渚聽見霽靈詢問的聲音，他只有把心一橫，硬著頭皮走上去。接觸到長淵身體之時，他更是不由得有些顫抖，像是觸碰了什麼不該碰的東西一般。

爾笙不知辰渚心裡的苦，見有人幫忙了，心裡欣喜不已。「仙子姑娘，咱們走吧。」

霽靈點了點頭。「我先送你們去鎮上。」

第二章

他是我相公

爾笙從來沒有出過村子，更不知道村子外的世界竟會是這樣的……死寂。一如她今早起來後所見到的村子模樣。

辰渚看見她有些恍神的表情，心想她一定是被今天所見的嚇到了，不由得安慰道：「不用奇怪，聽說屍毒蔓延到這裡來了，家家戶戶都緊張得很，日夜閉門不出。但有我和霽靈師叔護著你們，絕對不會出事的。」

爾笙問：「屍毒是什麼？」

「像是一種病，染上之後會變成殭屍……」辰渚腳步一頓，表情倏地變得嚴肅。「就像他一樣。」

前方的道路上緩慢走過來一個皮膚潰爛的人，就如爾笙今晨起來看見的那些人一樣，她不由得向長淵身邊躲了躲。儘管長淵現在虛弱得只能讓人扶著才能走，但這並不妨礙爾笙相信他能保護她。

霽靈手中揮去一道白光，那殭屍身子一頓，隨即便倒在地上沒了動靜。

一行人又接著往前走，路過那具殭屍身邊時，爾笙不由得回頭望了望。她想，這人之前也應當和她一樣吧，都是普普通通的人而已。

辰渚掃了一眼爾笙，心中嗤笑她婦人之仁，解釋：「這病蔓延得太快，被咬了的人無一倖免都染上病。沒得治，只有全部殺掉，如今已經屠了不少村莊了。」

誰屠了不少村莊？爾笙沒敢問，只是覺得自己臉上殘留著殭屍腦漿的地方變得無比灼熱起來。

她會變成殭屍嗎？也會被殺掉嗎……

四人行至客棧，霽靈道：「鎮中已有少許人染上了病，我先四處去看看，辰渚，你在這裡將他們兩人安置一下。」

辰渚不滿。「師叔我也要去！客棧裡還有其他師兄弟，有他們在就行了。」霽靈淡淡掃了他一眼，辰渚伸出去的脖子又默默地縮回去。「好吧。」

辰渚將爾笙安排與其他女弟子們同住，本來也是將長淵安排與其他男弟子同住的，奈何他扶著長淵一進屋，其他人死活不再住那屋。辰渚心知他們說不出口的難處，便理解地單獨開了個小房間給長淵，讓他一個人住著。

與爾笙同住的幾個姑娘心善，見爾笙一身狼狽，便提了水來讓她把澡洗了，又把自己的衣服借給爾笙穿。

從沒受過這麼好的待遇，爾笙心裡著實感動了幾番。

待爾笙梳洗完畢，坐下來問起她們的來歷，她們對爾笙說，客棧裡住的都是無方仙山的弟子，此次屍毒蔓延，無方掌門讓修仙者們下山控制疫情，他們都是跟自己師父們出山歷練的。

「歷練？」爾笙感到奇怪。「為什麼在客棧住著？」

幾個姑娘面面相覷了一陣子，其中一個圓臉姑娘似有些苦惱道：「說是歷練……可是一旦有什麼比較危險的情況，師父們都害怕我們出事，多半是將我們留在比較安全的地方。」

「像今天早上，聽說北邊的村子出事了，霽靈師叔便讓我們在鎮子裡好好待著，領著師父他們就去除屍了。」

姑娘們提到這話題有些悶悶不樂，爾笙也不知道該怎麼安慰她們；而一想到自己村子的那幅慘景，爾笙心情變得更是沉重。

中午吃飯，爾笙看著放在自己面前的一碗糯糯的白米飯怔愣了好久，旁邊的姑娘夾菜給她。「妳好瘦，多吃點兒。」

爾笙的臉突然紅了，吞吞吐吐了好半晌才道：「我……我沒錢。」

送去無方仙山修仙的孩子多半是有些家底的，自小沒過過什麼苦日子，此時聽得爾笙這樣說，都笑開了。「不過一頓飯菜，哪用得著讓妳給錢，妳隨便吃就好。」

爾笙這才端起碗吃了一小口，香軟的米飯在嘴裡散開，爾笙忍不住飢餓，開始狼吞虎嚥起來。吃了兩碗，又添了一碗，爾笙的目光在席間一掃，沒看見長淵，米飯在喉間一噎，她心道：完了，自己過上舒坦日子，忘了有個癱瘓在床的相公了。

「我吃飽了。」爾笙將筷子往桌上一放，看向桌子對面的辰渚，他似乎在這幫小弟子裡面是最有威信的，爾笙自然去詢問他的意見：「我可以把這碗飯帶上去嗎？」

「帶給那個不能走路的人嗎？他的飯菜已經有人送上去了。」

爾笙對辰渚感激地點了點頭。「謝謝小仙長，不過以後這種事還是我來吧，畢竟他是我相公，老是勞煩別人也不好。」

宛如一道晴空霹靂劃過，這群半大的孩子霎時沒了聲。

「相……相公？」辰渚不敢置信道：「妳多大？」

「過了七月就十四了。那我就先上去照顧他了。」說完，爾笙急急忙忙地跑上樓，徒留一堂的孩子們無限感慨。

爾笙喚了聲「長淵」便推門進去，適時，長淵剛調整完內息，見爾笙進來，他第一句話問的竟是：「可吃下飯了？」

爾笙呆了呆，這才想起自己曾對他說過沒了門牙會餓死的話，她撓了撓腦袋，有些苦惱道：「吃……是吃下了，仙人們也給我說少了顆門牙不會餓死人，只要以後找個像骨頭的硬東西補上就好了。」可是她去哪裡找像骨頭的硬東西，拿石頭塞嗎？

長淵點了點頭，心裡把她這話記下了。

爾笙進屋，看見桌上還放著飯菜，心道那送菜來的人不細心，長淵走不得路，桌子離床那麼遠，要他怎麼吃。她殊不知，進這個屋已經費了店小二不少的力氣……

「我來餵你吃飯。」

長淵搖了搖頭。「不餓。」默了一會兒，他忽然道：「這裡的人似乎都甚為懼我，我確實並非人類，妳若也怕……」

話沒說完，爾笙忽然嬌羞地將他望了一望。「相公，其實你不用這樣試探我的……我、我已經是你的人了。」說著將自己的屁股摸了一摸。

長淵果斷閉了嘴，閉目養神。

爾笙湊近他的枕邊，左看看、右看看，等著長淵給她回應，半天也不見他神色波動。爾笙有些失望地垂了腦袋，卻不料此時忽聽他淡淡道：「妳若想跟著，我便不會趕妳走。」

幾乎是那一瞬間，爾笙亮了眼眸，腦袋湊近長淵的臉頰，吧唧一口便親了上去，轉著腦袋放肆地在他臉上蹭了蹭。「相公、相公！」

對於爾笙此番動作，長淵沒覺得有什麼不對。畢竟她還是司命的時候，在萬天之墟裡也曾來回地在他的龍身上滾過去、滾過來地撒嬌撒潑，蹬鼻子上臉地在他的龍角上蹭過去、蹭過來，嚷嚷著：「大黑龍、大黑龍。」

現在的爾笙與那時的司命所做的動作性質沒什麼不同。
他是這樣想的。

爾笙一下午都窩在長淵房間裡照顧他，快至黃昏時，她忽然感覺整個房間顫了兩顫。她往窗戶外面一望，只見半空中不知什麼時候生出一張巨大的藍色膜，像網一般把整個鎮子罩住。

爾笙回頭望長淵，眼中透著些許對未知的不安。

長淵搖了搖頭。「無妨，不過是圈禁之術。」

爾笙雖不懂什麼叫圈禁之術，但是她大概懂「無妨」這兩個字的意思，於是便又坐回長淵身邊，埋著頭看自己的手心，那裡有一塊東西在慢慢變黑。

不一會兒，外面嘈雜起來。

爾笙出門探了探，方知霽靈帶領著無方山的仙長們回來了。仙長們都穿著白底青花的道服，他們一臉疲憊，全然不似爾笙今早見到的那般殺氣凜凜，一進客棧便各自找地方坐下，臉色有些凝重。

小弟子們見師父們面色不好，都不敢開口，左右看了看，最終還是辰渚站出去。「師叔，您不是說在鎮上走走嗎？怎麼和大家一起回來了？」

霽靈冷著臉，皺著眉頭沒有答話。弟子們面面相覷了一會兒，心中的驚疑更甚。

忽然，一個碩壯的男子拍了下桌子，怒沖沖道：「就該和那些失了人性的怪物拚上一拚！說不定能殺出條血路！」

「師兄不可莽撞。」另一位清秀的仙子道：「這次的殭屍與我們之前遇見的似乎有些不同，他們……他們比之前更為聰明……」

「並非聰明。」霽靈開口：「是有目的。」

眾人怔了怔，忽然有人恍然大悟道：「對，像是有什麼目的。之前都是零零散散地出現，現在都如軍隊一般集結起來，在向什麼地方出發。」

仙長們討論得熱鬧，弄得小弟子們更是滿頭霧水。與爾笙住在一起的那個圓臉姑娘拉了拉她師父的袖子。「師父，您們在說什麼，我們聽不懂。」

仙長嘆了口氣道：「北方村子的殭屍已經全部被焚燒了，我們本來在午時之後便能回來。」

爾笙聽罷這話，身子一僵，又往角落裡躲了躲。

那人接著道：「可是在我們回來的路上，發現南方突然湧來了大量的殭屍，都在往北面進發。此鎮乃是通往北方的必經之地，若是讓那些殭屍通過，此鎮必定再無活口。而我們在那沖天屍毒的侵擾之下，也無法御劍南下返回無方。」

大家倏地白了臉。也就是說，必戰無疑，且只能勝，不能敗。

辰渚心中雖然有些害怕，但畢竟是初生牛犢，想證明自己的心情比害怕的心情更多了些，他問：「那大概有多少殭屍？」

「誰他媽知道？」那身材強壯的仙人冷哼。「老子手都殺軟了，還有黑壓壓的一片，難不成老子還一個個去數嗎？」

辰渚嘟了嘟嘴，沒敢再搭腔。

霽靈擺了擺手道：「罷了，今天就到此為止，我們已經合力做了個結界，暫時能保鎮子平安，大家都好生休息，明日再上戰場。」言罷，她又點了幾個弟子的名字，讓他們明天跟著一道去。

辰渚也在其中，他自是興奮得摩拳擦掌。

是夜，鎮中比白日更安靜了許多。

爾笙在床上翻來覆去，卻怎麼也睡不著。她老是覺得背上有股寒氣往腦袋裡面衝，白日裡長出黑斑的手心在晚上變得又癢又痛，她強忍著不去撓它，閉著眼睛想讓自己入睡。

可是眼一閉上，腦海裡便不由自主地閃過許多畫面，有在她腳下骨碌碌滾過的夫子的頭，有被她炸開腦袋的殭屍，有被霽靈一揮手間便殺死的那個滿身潰爛的人。

寒意浸骨，她翻身起床，抱著被子便跑到長淵屋裡。她也不敲門，逕自闖了進去，將自己的枕頭、被子往長淵旁邊一放，便俐落地爬上長淵的床。

「爾笙？」

「嗯，我怕冷。」

「……男女有別。」亂蹭是一回事，睡覺是另一回事。司命曾經與他講過很多次，這是會出人命的事……

「你別把我當女人就好。而且你不是已經是我相公了嗎？娘親小時候跟我說過，只有和是相公的男子才能睡在一起。咱們倆睡，沒問題。」

對於相公這個稱呼，他已經習慣了。長淵想，他註定不會娶妻了，爾笙若叫著歡喜，便讓她叫就是。

因著「相公」這個前提，長淵聽著爾笙這話也有理，左右自己不會對她做出什麼事來，當下便由著爾笙蹭到他的被窩裡。兩人將眼睛閉上，沒過一會兒，長淵又把眼睛睜開了，忽然問：「爾笙，今日妳被殭屍咬了？」

爾笙默了默，答：「沒有，但是被他的腦漿濺了一臉。」

長淵「嗯」了一聲，又閉上眼。

「長淵？」

「嗯。」

她猶豫了很久，又喚了聲：「長淵……」

「嗯。」

「我……如果我變成殭屍，怎麼辦？」這是爾笙今天頭一次帶著些許顫抖的聲音說話，洩漏了她心中死命壓抑著的害怕與恐慌。

長淵手指一動，本想去摸摸她的頭，卻被爾笙緊緊地抓住。

「別扔下我！我會壓制住的，我不會像其他人一樣咬人的！我不會變成那樣……我會很乖，不要嫌棄我！」

「爾笙，我不嫌棄妳。」長淵道：「別怕，我不嫌棄妳，不扔下妳。」

爾笙眼眶一紅，又快速地眨了眨，把淚意揮散，但仍舊緊緊抓住長淵的手，不肯放開。

爾笙和司命一樣，一個在不羈的背後壓抑著發膿潰爛的情傷，一個在叛逆的背後壓抑著歇斯底里的惶恐，對孤獨的惶恐。

長淵並不知道爾笙有沒有染上屍毒，她說的那番話，與其理解為害怕變成殭屍，不如理解為害怕被他丟下。他聽那幾個修仙者說，被咬了才會變成殭屍，爾笙只是被腦漿濺到了，這樣也會變嗎？

他闔眼養神，等爾笙的呼吸漸漸沉穩下去，心知她睡著了才拿出她的手，藉著窗外結界散出來的藍光一看，發現她掌心有一團黑色的東西在蠢蠢欲動，像是有條蟲在皮膚下蠕動一般。

看這個樣子，很像是司命跟他講的某些故事中提到的「蠱」。

他輕輕摁了摁那微微鼓起的地方，那黑色的東西一陣猛烈顫動，隨即爾笙一聲悶哼，似很不舒服。

果然是蠱。長淵皺眉，爾笙說她炸掉了一個殭屍的腦袋，但她要染也只會染上屍毒，怎麼會染上蠱呢？

除非……根本就沒有屍毒，那些殭屍就是這些蠱蟲製造出來的。

若是蠱蟲，那麼定有一個控制蠱蟲的人。這場疫病，並非天災，而是人禍！

長淵正入神地想著，忽聽爾笙一聲大喝：「誰！」

長淵一怔，爾笙猛地睜開眼，坐起身來四處張望。「誰在說話？」

「爾笙。」長淵探手想將爾笙拉住，卻不料此時的爾笙力道大得出奇，一把推開他，翻身滾下了床。

爾笙手忙腳亂地從地上爬起來，窗外結界的藍光映得她一張臉詭異地發青。她眼神有些渙散，在房間裡四處張望，忽然又破口罵道：「出來！別以為姑奶奶缺了顆牙就是好欺負的！姑奶奶說話漏風，拳頭可是緊實的！出來！」

長淵忽然想到，等爾笙清醒之後，他第一個要跟她說的便是好姑娘是不能隨便以姑奶奶自稱，這樣會把自己叫老。若非要如此叫，應當叫別人龜孫子。

當然，這話是以前司命告訴他的。

沒等長淵將這事想多久，門口便響起了大力的敲門聲，長淵還沒說話，爾笙便道：「你終於出現了！給老子滾進來！」她衝過去將門拉開，外面站著幾個被驚得瞪圓了眼的仙長。

「不是！」爾笙狠狠將門一摔。「混蛋！出來！別吵了！不准吵了！」

門口堵了不少仙長，大家皆靜若寒蟬，看見爾笙暴躁地走過去、走過來，就差掀桌子了。

「怎麼回事？」

一道清冷的聲音落下，霽靈披著一件外衣走過來，她看見爾笙的模樣，皺了皺眉，接著身形一閃，下手快狠準地在她脖子上一砍。爾笙轉過身來，對她示威般地張了張鼻孔。「平胸！我不怕妳！」隨即兩眼一翻，暈了過去。

夜風似乎也靜默了一瞬。

霽靈面無表情地盯了地上的爾笙一眼，又冷冷淡淡地掃了一圈臉憋得通紅的眾人。「幹什麼？都不想睡了？」

此話一出，門外堵著的人頓時走了個乾淨。

霽靈又轉頭問長淵：「這是怎麼了？」

長淵搖頭。「明日起來再問問她吧，她像是聽到了什麼。」

霽靈點了點頭，抓住爾笙的衣領便將她提了起來，一邊往外面走，一邊道：「你看不住她，今晚便由我看著。」

長淵想了想，也沒有反對，只是在霽靈要將門關上的那一刻輕輕說了一句：「童言無忌。爾笙說話就是老實了些。」

老實了些……掩上門扉，霽靈手上的青筋跳了兩跳。老實了些……

你們兩個……實在是配極了。

一路拎著爾笙回了屋，霽靈將其綁在床上，捆妖索纏了整整三圈。她躺在爾笙旁邊，想了想又側過身子，手「啪嘰」一下捏上爾笙的胸，捏了幾下，隨即一聲極是不屑的冷哼。「還不是和我一樣。」

她忘了，爾笙此時還未滿十四……

第二天早上清醒時，爾笙顯然對昨晚自己做了什麼完全沒印象，當她看見自己身邊睡的是霽靈，而身上還綁了三圈繩子時，面色一白。「長淵呢？長淵呢？仙子姑娘，為什麼綁著我？長淵走了嗎？」

霽靈揉了揉眼，也醒了過來，淡淡地望了她一眼。「清醒了？」言罷，在繩子上輕輕一彈，捆妖索便解開了。

爾笙忙不迭地往外跑，一路直奔長淵的房間。推開門，看見床上還有個鼓鼓的人影，爾笙想也沒想就撲上去，蹭著被子不放手。

長淵一看見爾笙，張口便將自己昨天就琢磨著要說的話對爾笙說了一遍。爾笙聽罷，嚴肅地點了點頭，表示以後絕對不會再稱自己為「姑奶奶」了。長淵拍了拍爾笙的頭，表情很是欣慰。

以至於霽靈領著三個仙長一進來，便瞅見了這麼溫馨的一幅畫面。打擾人家溫存，讓清心寡欲的仙長們有些不好意思，輕咳了好幾次，才進屋坐定，談到正事上面。

當爾笙聽到自己昨天的所作所為時，怔愣了許久，她道：「我確實聽到有人在叫我，一直叫我做事，但是，我以為我在作夢。我記得我看見的明明就是一片荒郊野嶺……」

霽靈眼中精光一閃。「何人叫妳？叫妳做何事？」

「我不知道是誰。」爾笙表情很困惑。「是個男子的聲音，有點沙啞，他一直叫我往北走，到村子後的樹林裡去。」

「什麼村子？」

「就是我的村子，去樹林裡找一個叫回龍谷的地方。」

長淵一怔。「回龍谷？」

爾笙點了點頭：「他一直叫我去。」

眾人默了一會兒，霽靈忽然道：「上古傳言，回龍谷乃神龍龍塚，遍野長滿了不死草，食之能長生不死。」

長淵淡淡望了霽靈一眼。「那裡沒有這種東西。」

旁邊一個仙長感到奇怪地道：「上古傳說皆不可考，你如何確信那裡沒有？」

長淵不再說話，霽靈接著問：「妳昨天有沒有發生什麼事沒與我們說的？」

爾笙回頭望了長淵一眼，見他輕輕點了點頭，爾笙才把右手伸出去，給霽靈看。「昨天，你們來之前，我炸掉了一個殭屍的腦袋，本來也沒事，就是下午的時候，突然長出這些黑色的東西來了。」

四人圍上來，將爾笙的手仔細看了一番，其中一個問：「妳炸掉了一個殭屍的腦袋？」似是很不可置信。

其實不怪人家驚異，殭屍的力氣比普通的成年男子還要大上三倍，沒有修過仙的半大女娃娃又如何打得過那些怪物？

他的語氣讓爾笙微惱，搶著道：「長淵教過我法術！如果不是有兩隻同時找上我，我會很厲害！」

那人瞟了長淵一眼，他知道長淵一定是個不好惹的角色，當下便不再質疑什麼。

霽靈仔細地看了許久，終是皺眉道：「我修仙如此多年，確實沒見過這樣的東西。」

另外兩人也直稱奇怪。

最後，卻是床上傳來長淵的聲音道：「是蠱蟲。」

幾個仙長都是一愣，隨即又圍著爾笙的手一陣細細打量。「這便是古仙書裡面提到的蠱蟲嗎？是有點相像，可是現今蠱蟲已經甚少在世間出現了，唯有南疆越王手中似還養了幾條。」

霽靈看了一陣子，問長淵。「如何確認？」

「蠱，能亂人神智，控人軀體。以外物觸摸之，能察覺其在皮肉之下微微蠕動，給宿主帶來疼痛不適之感。」

一個仙長將信將疑地輕輕摸了摸爾笙手中那塊黑色的地方，爾笙果然立即顫了顫。長淵道：「不可多碰。蠱蟲為避免被輕易挑出，多半會往體內深處跑，讓人難以察覺。爾笙說她沒被殭屍咬過，只是炸了一個殭屍的腦袋，或許此蠱曾棲息於那殭屍的腦中，而後鑽入了爾笙的手心。我猜測，這次所謂的疫病，根本就不是天災，而是有人刻意為之，將蠱種在人身上，控制他們，令其為之效力。」

此言一出，眾人皆驚。

還是霽靈最先反應過來。「你確定事實如此？」

「只是猜測。」長淵道：「捉隻殭屍來，破開頭顱一看便知。」

霽靈對一個仙長使了個眼色，那人會意，立即走出去。霽靈接著問：「依你所說，蠱蟲應當在進入宿主身體的那一刻便往宿主身體內處爬，那她這個為何還停留在表皮之下？」

長淵搖了搖頭，說不知。爾笙卻忽然道：「我知道、我知道！一定是因為姑奶……我是吃蟲子長大的！這蠱蟲不也是蟲嗎？牠肯定是怕在爬去我腦子裡的時候被我一吸，嚼來吃了！哈哈！」

霽靈與其他兩位仙長皆微微抽動了下唇角，長淵卻嚴肅地點了點頭。「原來如此。」

另外三人頓時覺得更加無力了。

爾笙歡欣鼓舞地跳了起來。「那也就是說，這個蟲子一直停留在我的手心，被挑出來後，我就不會變成殭屍囉？不會變成殭屍，就不會被殺掉囉！那我還可以一直跟著長淵，哈哈！」笑了一會兒，爾笙又頓住。「不對啊，如果我沒變成殭屍，那我聽見的那些聲音是怎麼回事？」

長淵道：「蠱蟲入體，幕後者定是向蠱蟲下達命令以此來控制『殭屍』的行動。能聽見他的聲音，許是因為蠱蟲在妳體內，而妳沒被控制，大概是這蠱蟲沒有爬到妳身體內處。」

爾笙了然，心中又冒出一陣怒火。「這混帳蟲，害我鬱悶了一整天，看我不把你挑出來捏碎了吃掉。」

「且慢。」霽靈伸手攔住爾笙，表情凝肅。「若此殭屍之難真如這位……長淵公子所說的話，那麼這幕後之人必定有更駭人的野心。之前妳聽見了話，其他殭屍必定也聽見同樣的話，我們正好可以從他的命令中推斷出那人身分是什麼，他到底又想要做什麼，由此來做出對策。」

爾笙眨著眼，呆了一會兒。「什麼意思？」

霽靈也看著爾笙，眨巴了一會兒眼，一直憋在胸口的那股氣終於長嘆而出，她揉了揉自己的額角，頭一次對自己的表達能力產生懷疑。「也就是說……也就是說……」

「他們想讓妳幫忙。」長淵翻譯道：「把放蠱蟲出來的人捉住，斬草除根。」

爾笙再度了然，興奮地睜大了眼。「讓我幫忙嗎？我可以幫仙人們一起殺掉大壞蛋嗎？怎麼幫，你們說。」

霽靈立即道：「乖乖坐在房間裡，把妳聽到的所有話都說出來。」

「好，沒問題。還有呢？」

「沒了。」霽靈轉頭吩咐另一個仙長：「將仙尊給我們求助用的符紙拿出來燒了，告知仙尊我們這裡的情況。」

那人為難地皺了皺眉。「這樣不好吧，畢竟我們下山歷練……」

「若是不知道此次殭屍之難有幕後的人在操控，我是無論如何也不會去求助的。但是……若我想得沒錯，這些殭屍要去尋傳說中的回龍谷，定是為了那裡的不死仙草。若是讓殭屍吃了那種東西，不死不滅，你認為這世間還有什麼是他們的對手？而操縱這些殭屍的幕後之人，手中無疑是有了一支所向披靡的軍隊。你再想想，要這麼龐大強悍的一支軍隊，他的野心是什麼？」

那仙長出了一身冷汗。「我這就去告知仙尊。」

等那人出去之後，霽靈轉過身來對長淵作了個揖，道：「多謝長淵公子告知我們此間線索。可是蠱蟲此物已有數百年不曾現世，公子又是如何知曉此物？」

「一個朋友告訴我的。」他看了看爾笙，此時爾笙正襟危坐地坐在椅子上，豎著耳朵仔細聽著周圍的動靜。

司命，司萬物命格，自然通曉萬物特性。她曾笑著與長淵說，每個被安排的人命格裡面總要出現一、兩件稀奇的東西，這樣才會擁有刺激的人生。以至於現在的長淵普通的常識不知道幾個，稀奇古怪的東西倒是明白不少。

霽靈點了點頭，也沒再多問，吩咐另一個仙長好生陪著爾笙，將她所說的話都好好記下，如果她體內的蠱作怪，就挑出來封印住。言罷，霽靈也出了門去。

白日，一切皆無異常，鎮外的殭屍似乎也安靜許多。

爾笙在椅子上坐了許久沒聽見動靜，漸漸地有些躁動起來，在那個仙長的眼皮底下磨磨蹭蹭地挨到長淵身邊，轉過去、轉過來就想蹭上長淵的床。

長淵見她眼珠子轉了兩轉，心中便明瞭她的想法了，他掀開被子一角，拍了拍自己身邊的位置。「爾笙若想睡，便來這裡躺下。」

「好！」只見爾笙身形一閃，眨眼間便在長淵身邊躺好，將被子一捂，蹭著長淵的手，發出一聲舒服的喟嘆。

長淵想，左右昨夜已經睡過一次了，多睡幾次也沒多大關係。爾笙既然喜歡，由著她便好。

爾笙想的卻是，阿娘說過，和相公一起睡過就會有孩子，她現在應當趁著長淵不能反抗的時候將他「睡」了，日後懷上長淵的孩子，他就是她的人了。

一旁的仙長瞪大了眼，爾笙立即振振有辭地解釋：「我沒什麼其他想法的！只是昨天我是躺在這裡聽見了那個聲音，或許今天我也要躺在這裡才能聽見。」

仙長撇了撇嘴，無奈道：「我一個修道之人，難道還能擾了你們小夫妻的興趣不成……」他臉微微一紅。「你們、你們想做什麼都與我無干，我只是負責記錄妳聽到的話，只是……別太過分了，那樣……我會很為難。」

爾笙想了半天，著實不知道自己能做出什麼事情令這個仙長為難，她頂多能讓長淵為難為難。

想不通，她便不再想，抱著長淵慢慢閉上了眼。

爾笙是在一聲長嘆中被驚醒的，此時已近黃昏，她睜開眼立即大叫：「他說話了！他說話了！」

嚇得在一旁有些瞌睡的仙人渾身一震，立即臨空捉出一枝筆，準備在手上記錄。「說什麼？」

一旁閉目養神的長淵也緩緩睜開眼，望向爾笙。

爾笙凝神，仔細聽著那人言語，不一會兒便學著那人的腔調，一字一句地吐道：「無方竟敢亂我大事，今日子時，我將破開無方結界，你們入鎮後將其剝皮拆骨，吞食入腹，不留一個活口。」

仙長臉色一變，立即奔出門外。

爾笙腦海中的聲音又響了幾次，最後終於停了下來。

她轉頭看長淵。「長淵，今天這個人說話的時候，我腦袋不痛了，也不難受了。」

「嗯。」長淵淡淡應了一聲，默默地將自己搭在她手腕上的指尖收回去。

「那人說要吃掉我們？哼，爛蟲子才會被吃掉，有仙人們護著我們，才不怕大妖怪呢。」

長淵皺了皺眉。「此次這些人或許都自身難保。殭屍受操控，但並不會法術，若要破開這圈禁之術，唯有依靠比這裡的仙人們更厲害的法力。若是此結界被破開，只能是那幕後之人親自動手，且那人不好應付。」

爾笙愣了一番，終是反應過來他這話的意思，突然問：「長淵，那大妖怪打過來的時候你能跑嗎？要是不能跑，爾笙就下去多吃兩碗飯，到時候背你。」

聽罷這話，本有些沉凝的黑眸微微一軟，長淵摸了摸爾笙額前的細髮。「妳不用擔心這些，人世爭端奈何不住我，也奈何不住妳。只是要救這裡的人有些困難。」

「仙長們要和大妖怪打架，打得贏嗎？」

長淵搖頭。「難。」

「那就抓緊時間跑啊！」爾笙急道：「打不贏還拚什麼拚。難不成都學了村裡夫子的那一套傻學問，成了榆木腦袋？」

長淵倏地眸色一亮。「爾笙聰明。且去幫我將霽靈叫來，說我已有了退敵之法。」

爾笙找到霽靈的時候，她正忙著指揮仙長們在結界上施加靈力，以求結界更加堅固。爾笙將長淵的話告訴她之後，霽靈神色為之一振，立即趕回客棧。

爾笙卻站在大街上，看著天空中映著黃昏光暈的藍色結界發呆。村子裡的夫子、鼻涕劉兄弟，還有隔壁朱老二和朱家嫂子都莫名其妙地死掉了，村子也被仙人們一把火燒了，沒有人跑出來，如果仙人們能來早一點兒多好啊。

這鎮子裡，她一個人也不認識，家家屋門緊閉，窗戶都關得死死的，沒一個人出來幫仙人們的忙。她想，如果在她的村子，村民們一定不會這樣。

她突然可恥地覺得，她好像有點懷念夫子嘮嘮叨叨講忠信禮義的聲音了。

「小髒孩兒！幹麼呢妳？天上掉錢了？」

略帶戲弄的聲音伴隨著一道大力拍在爾笙的肩上。爾笙回頭一看，卻是那日馱著長淵回來的無方山弟子，辰渚。

爾笙撓了撓頭，那一掌拍得她肩疼，依著她往日的作風，早一口唾沫吐到他臉上了；但是人家是救過她的仙人，爾笙便硬生生將自己唾棄他的衝動忍了下去，琢磨著是不是該行個禮什麼的。

沒等她想清楚，對方又是一拳砸在她肩頭上，哈哈笑道：「看不出來妳膽子還挺大的嘛！昨天晚上的事我都聽說了。」辰渚湊過頭，挨近爾笙的耳邊說：「其實我早就覺得霽靈師叔沒長胸了！不看她的臉，說她是個男人誰不信啊！哈哈！」他退開的時候，又拍了拍爾笙的肩。「小髒孩兒，真有妳的！多可惜昨天我沒親眼看見她的臉色啊！」

這三番兩次的拍打，惹怒了爾笙，她揪住辰渚的頭髮，不多，也就十來根，緊緊拽住用力一扯，連著人家的頭皮一起揭下來。

辰渚痛極大怒，捂住頭皮喝罵道：「妳瘋了！」

爾笙也捂著肩叫：「你才瘋了！你捶得我骨頭都要碎了！」

「我怎麼知道妳這麼不禁打！兩拳就叫痛！」

「我也不知道你這麼不禁拔呀，這才幾根毛，拔得你這麼痛？」

辰渚說不過她，只有氣呼呼地瞪了她半晌。爾笙高傲地一仰頭，面帶挑釁。辰渚哪裡受過這樣的氣，對方又是個沒修過仙的小孩，他怎能被她唬住，當下掄了拳頭便要揍爾笙。

爾笙經過多年的「沙場」歷練，瞬間便明瞭辰渚的意圖，大聲道：「你敢揍我，我就把你剛才說的話講給霽靈姑娘聽！」

辰渚一愣神，爾笙對他吐了吐舌頭，轉身就跑。留辰渚在原地，氣得面色發青。

回到客棧，霽靈已經與長淵談妥。爾笙推門進去時，恰好撞見霽靈出門。霽靈道：「爾笙妳將東西收收，我們現在便走。」

不等爾笙問清楚，霽靈已經走遠了。

「長淵，霽靈姑娘讓我們走哪兒去？」

「去妳長大的那個村子後面的樹林。」長淵的神色一如往常的寧靜。「爾笙，到時候幫我捉點兒蟲子來吃。」

爾笙長大的村子後的樹林位於鎮子北方，殭屍們卻是從鎮子南方來的。之前雖已經有殭屍到過爾笙的村子，但是已經被消滅乾淨了。現在往北方撤退雖是逃避之舉，但不失為一個保命的好辦法。

今夜子時，無方仙尊定是趕不來的，但是若能將時間拖到一天以後，待無方的長老與仙尊到了，這些殭屍與那法力高強的幕後之人便沒什麼可怕的了。

畢竟無方山的仙尊已經有快五百歲了，法力高深，當今世上鮮有敵手，若是連他也對付不了這幕後之人……那就只有聽天由命了。

鎮上的結界留著，以便為他們逃走爭取更多的時間。

爾笙雖然不知道霽靈做出這個決定的背後有多少考量，但是在她看來，打不贏就跑這個舉動無疑是萬分正確的。所以她乖乖地將包袱收拾了，等著霽靈派個人來將長淵背著走。

但是當爾笙看見來背長淵的人時，黑了臉。

對方也很是不情願。「我不背。」

「不要他背。」
兩人互瞪了一眼，又「哼」的別開頭。待霽靈冷冷地「嗯？」了一聲之後，兩人都垂下頭，沒了意見。
回到村子，看見村中的景象那一刻，爾笙突然覺得腿一軟，差點摔倒。知道村子被毀了是一回事，親眼看到又是一回事。
這樣的感覺就像是以前有人告訴她，她父母因一場意外身死他鄉，她笑著說「知道了」，然後繼續漫山遍野地亂跑，無拘無束地玩。等有一天，她和村頭的小胖娃打架，他家大人來將他拖走帶回家吃飯，爾笙回頭一望，自己的父母沒來，她這才意識到，父母再也不會來找她了。
她才懂得，死就是永遠也見不到的意思。
原來村子毀了，就是真的毀了。帶著她的過去，死掉了。
忽然有隻手在後背輕輕托了她一下，爾笙回頭一望，辰渚彆扭地轉過頭。「現在，保命要緊，回頭我們可幫妳替這村裡的人立塊碑，把他們的名字都刻上去。」
爾笙點了點頭，繼續跟著往樹林裡走。額頭上微微一暖，爾笙聽見長淵沉穩的嗓音——

「毋須執著，這人世，總是有生有死。」

爾笙鼻尖微微一酸澀。「那爾笙身邊的人都會走嗎？大家到最後都是一個人活著嗎？長淵也要走嗎？」爾笙呆了呆，忽然又道：「長淵不能走！你不能扔下我！」

「好。」

進得樹林，天色已暗，爾笙舉著火把忙著四處替長淵捉蟲子。長淵來者不拒，吃得不亦樂乎。

辰渚一手扶著長淵，一手握著火把，將長淵在他身邊一口吞掉一隻蟲子的動作看得清清楚楚，他噁心得直泛胃酸，心道這兩人言詞無禮、行為古怪，定是腦子出了毛病。他不應當和他們再多打交道，省得以後也變成了這樣，多麼恐怖！

大隊人馬已經進入樹林深處，有的仙長們送鎮上的鎮民繼續往北走，而有的則留下來在樹林中再設一個結界，以防止殭屍進入樹林，找到傳說中的「回龍谷」。

爾笙因為一路上東跑西跑地幫長淵捉蟲，耽誤了行程，三人走走停停，落在隊伍的最後面，這才行至小潭邊。

辰渚心急，但不想表現出害怕的樣子，咬著牙沒有催。爾笙全副心神放在怎麼讓長淵吃飽上，也不去管前面的人去了哪裡。長淵更是不急，神色泰然。

「長淵要喝水嗎？」爾笙指著那汪映著星光的潭水道：「這裡的水十分甘甜，比村子裡的井水好喝多了。你吃了那麼多肉，得解解膩。」

辰渚望了望前面漸行漸遠的大隊火光，終是忍不住開口了：「待會兒喝吧，這野外的水喝了拉肚子可怎麼辦。」

「才不會！」爾笙一聽辰渚說話，心中就反感，脖子一伸便要與他爭論。

長淵的眸色卻落在那汪深潭中久久不曾挪開，沉默半晌，他忽然道：「爾笙，將那潭中之水取些來給我看看。」

爾笙對辰渚吐了個舌頭，小聲罵了句「膽小鬼」，便乖乖地跑去取水了。

辰渚遙遙地望了眼遠處幾乎快消失的火光，心中焦急更甚。適時後脊忽覺一股陰風吹來，他扭過脖子往後一望，只聽樹葉沙沙的響聲，一片漆黑，什麼都看不見，但偏偏就是這樣的未知，讓他覺得隨時有東西會突然竄出來一樣。

「小髒孩兒！妳快點！」

「知道了。」

爾笙用竹筒盛了水，跑回來遞給長淵。

長淵盯著水半晌，卻不喝，只是眸中的神色在火光映照下變得越發明亮。

「竟是真的在這兒，難怪此處靈氣氤氳。」他細聲呢喃：「人世多變，也不知此處幾變滄海、幾變桑田……」
他這話說得小聲，連貼得他這麼近的辰渚都聽不清，只是聲聲催促：「快喝啊，要來了水，光看著做甚！能長出花來？」
「不許對長淵凶！」爾笙擼了袖子要打辰渚。
忽然林間的涼風一斷，三人只聞一股腥臭之氣瀰漫開來，令人噁心欲嘔。辰渚立時警惕起來，眼神迅速往林間一掃。長淵在他耳邊輕聲說道：「東南方向。」
辰渚的目光才轉過去，只覺手肘被人猛地一擊，火把脫手而出，掉入那方潭水中，熄滅了光芒；接著他腹部被狠狠揍了一拳，打得他逕直飛出去三丈，撞斷了一棵樹，狼狽地落入草叢之中。長淵自然也沒有倖免，與辰渚一同掉入那處斷木叢中，沒了聲息。
這一切都發生在電光石火之間，爾笙甚至沒來得及看清楚辰渚和長淵為何會突然飛出去。她握著火把，呆怔地站了一會兒，驚駭地轉過頭，慢慢將襲擊兩人的人看清楚了。
一個巨大的殭屍。這個殭屍與別的殭屍不同，他的皮膚不曾潰爛，看上去如常人一般，只是在胸腹處被破開了一道巨大的口子。
在火光的照耀下，爾笙能清楚地看見，他的胸腹裡面爬滿了黏膩的黑色蟲子，不停地蠕動翻滾。

爾笙手心裡的蟲子開始躁動起來，似要衝破她的肌膚跳出來。

「天哪……」爾笙失神呢喃：「這種蟲吃了能長這麼大個兒，得虧霽靈姑娘攔住了沒讓我吃。否則以後我與長淵睡一起，非壓死他不可。」

「哦？」一個中年男子的聲音自巨大的殭屍背後傳出來。「這倒是奇事，妳身中帶蟲，卻還能神智清明。」

爾笙探頭一看，自那巨大的殭屍身後緩緩走出一個華服男子，看年歲約莫有四十上下，氣度雍容，像是王公貴族，但那雙眼卻顯得過於陰鷙。

「你是誰？」

「本王乃是南疆之主，越王。」他盯著爾笙笑了笑。「妳這小丫頭想必是有什麼地方天賦異稟，待本王嘗嘗便知。」

嘗嘗……

「是要……吃了我的意思嗎？」

對方好笑地點頭，爾笙了然，心中默唸長淵之前教她的防身術法口訣。

越王見爾笙不動，以為她被嚇呆了，拍了拍那巨型殭屍的背，示意其上前將爾笙捉住。

還有兩步、一步……爾笙抬頭，道：「我喜歡吃蟲子，但是不喜歡被蟲子吃。」她對著殭屍的胸腔抬起手，一陣金光逕直穿透他的胸口，一如那天爆掉那殭屍的腦袋一樣。

巨型殭屍嘶聲厲吼，震得爾笙頭痛，他胸腔中的蟲子蠕動的速度變得極快，爾笙只覺掌心微疼，收回手一看，那藏在手心裡的蟲竟生生被吸了出去。

她趁著殭屍還在混亂之際扔了火把，轉身便向著辰渚摔入的斷木叢中跑。

「呵，小丫頭有點膽識。」越王一聲冷笑，身形一閃，躍至爾笙身前，抱著手打量著她。

火把的橙色焰光在身邊跳躍，爾笙腦子裡閃過許多主意，最後她果斷地將頭一埋，撲通跪在地上，乖乖地磕了三個響頭，抱頭痛哭。「大王饒命！大王饒命！爾笙自幼孤苦，身上沒長幾斤肉，不好吃的！而且……而且我幾日都沒洗澡了，最近又便祕，肚子裡全是髒東西，不好吃！」

越王依舊意味不明地笑著。「不礙事，我有怪癖，就愛髒東西。」

爾笙渾身一顫，糊了滿臉鼻涕、眼淚地望著越王。他伸出手，放在爾笙的頭頂。「這樣的眼神倒教本王看得舒心。」他掌心慢慢變得灼熱，似要燒掉爾笙的頭髮。「本王最喜見著別人絕望的眼神。」

他收緊手指，那一瞬間的疼痛讓爾笙以為她會就此死掉。

等到空中一道淩厲的白光劃過，頭頂的疼痛驟然離去，爾笙仍在恍神。

「呵，無方小徒，竟如此不自量力敢壞本王大事。」越王避過遠處射來的這一擊，冷眼望著急速奔來的霽靈等人。

原來是霽靈他們發現了後面的異常，轉身返回，這才在生死關頭救下爾笙。一位仙長將爾笙扶至旁邊，霽靈大喝一聲「列陣」，那仙長又忙加入戰局。

「哈哈！有趣、有趣，想來無方仙山定是門內無人，竟想靠著你這幾個黃毛小兒對付本王。」越王拍了拍手，眸中的光倏地變得血腥而嗜殺。「那本王便拿著你們的屍體讓那高高在上的無方仙尊哭一場好了。」

「放肆！」霽靈一聲厲喝，生了怒意，一劍便向他刺去。

越王輕而易舉地避過，隨手一揮，指尖彈在霽靈的劍刃之上，劍身頓時巨震，霽靈險些把握不住。越王一聲高喝，喚醒了被爾笙攻擊後便一直呆在旁邊的巨型殭屍。他趁眾仙長不備，舉拳亂揮，有兩人被擊中，破了陣形。

越王狂妄一笑，渾身邪氣蕩出，震得在場的仙長皆不能起身，他低頭看向腳下的霽靈，劈手砍下。霽靈後背受擊，一口鮮血吐出，幾近昏迷。

爾笙此時終是緩過神來，見此變故，撿了地上的一塊石頭衝越王狠狠砸去。「龜孫子的混蛋！教你欺負人！你去死！」

區區石塊又如何能對越王造成傷害，倒是讓他眼中的血色又重了一層。

「本王將入得回龍谷，食不死仙草，將與天地齊壽，與日月同光！黃毛丫頭休得亂言！」

「你將會像烏龜王八蛋一樣活得長長久久！像糞坑裡被屎磨得發光的石頭一樣遺臭萬年！」

此話惹怒了越王，他伸手一探，爾笙只覺脖子一緊，接著身子便不由自主地向越王飄去，任她如何掙扎，腳也落不了地。沒一會兒，她便因為窒息而眼前陣陣發黑。

恍惚之間，她感覺深潭上清澈的風陣陣襲來，吹醒了她混沌的大腦。

辰渚與長淵掉入的那塊斷木叢中隱隱泛出一絲銀白的光，在黑夜之中顯得有點刺目，卻令人感到安全而溫暖。

當然，這只是爾笙的感覺，對於被邪氣鎮壓在地上的眾仙長來說，現在忽然溢出的這股氣息更令他們感到壓抑而痛苦，如同在莊嚴的神殿之上，被高高在上的神明冷漠地注視著……

「欲擾龍族長眠之地者，殺無赦。」

龍族長眠之地……

越王手一鬆，那股無形的力量剎那便消失了，爾笙癱軟在地，捂著脖子狠狠地咳嗽。

「龍？」越王盯住自那方草叢中走來的男子，笑道：「本王便是擾了又如何？不過是一群已作古的生物。」

長淵踏著細碎的草葉緩步走出，周身光芒盡斂，神色冷漠，黑眸中金光閃過，轉瞬間又全無一絲情緒。

越王雖不知長淵是何身分，但是心知此人不好對付，臉上的玩笑之色也漸漸收起，揮手招來那巨型殭屍。他手一舞，殭屍便似木偶一般，飄蕩出去，身形靈活得與剛才那個笨重的大漢完全不像。

長淵右手探出，生生接住殭屍揮來的巨拳，如此大力的皮肉相接竟沒有發出半分聲響。

爾笙緩和了呼吸，略有些擔憂地抬頭一望。她只見長淵指尖光芒凝聚，轉瞬間，那殭屍的整隻胳膊便被輕易卸了下來，宛若玩具一般被長淵棄於一邊。殭屍仰天長嚎，其聲令人為之發怵。

長淵神色不變，手一揮，拍於那殭屍的喉間，慘叫聲戛然而止。他收回手，殭屍頹然軟倒於地。長淵冷著眸色，接著向前，他走得不徐不疾，但偏偏每一步都有令敵人膽寒的氣勢。

越王被懾得微微往後一退，又咬牙看向長淵。「本王計畫已行至今日這步，絕不能斷送在你這莫名其妙的人手上。」

長淵哪聽他廢話。若是自己有往常十分之一的力量，早就將其斃於掌下，奈何現在他重傷在身，依靠爾笙捉給他的蟲子才能暫時恢復一點兒力量；而這些蟲子經過他的調息，最多能支撐他一刻，若這一刻內不將其解決，在場之人活不了命不說，連回龍谷也會被這骯髒之人踐踏。

他怎能容許……

長淵探手為爪，直取越王喉間，越王閃身躲過。長淵步步緊逼，招招皆是致命的殺招，越王提氣與之抗衡，漸漸不敵。

越王瞳色漸化為血色，心道自己絕不能在這裡敗了，一邊擋一邊往那軟倒在地的殭屍那裡靠。

此時斷木叢中的辰渚才從打擊中醒過來，睜開眼便看見自己師門一眾師叔皆倒於地上，而與敵人纏鬥的竟然是路都走不得的長淵，登時傻眼了；然而當他看見下一幕時，此後的三月裡愣是沒有吃進半點帶腥味的東西。

那越王竟然逃至殭屍旁邊，翻過殭屍的胸膛，掏出裡面的黑蟲，全吃進嘴裡。

「神吶！神吶！天吶！他也吃蟲子！他也吃蟲子！嘔……這世界怎麼了……嘔……怎麼了！」

長淵眸色微微一深，殺意更重，正欲拚力一博，越王忽然從殭屍的體內挖出一條比尋常蟲蟲大了三倍的黑蟲，欣喜地笑著吞進嘴裡。他將殭屍往長淵身上一扔，擋住長淵的視野，等長淵將那殭屍煉化成粉末，越王頭頂上竟然生出一條條黑色的經脈，看起來十分駭人。

他狂妄地仰天長嘯。「無人能礙本王大事！本王要壽與天齊！」聲色中的邪氣竟比方才更為濃重。

長淵心道不妙，身形一躍，那越王竟像是瘋了一般，半點不守，逕自向長淵衝去，也探出手，竟是要奪長淵心脈！

辰渚大叫：「小心！」

爾笙驚駭。「長淵！」

長淵眉頭一皺，終是閃身避開。越王換了一副不要命的打法，不管不顧地往長淵身上招呼。長淵往後一退，恰好踩住趴在地上的霽靈的手。長淵心知，若是他再退，以此時這人拚命的打法，後面這一眾仙長和爾笙定是會被殃及。

黑眸一凜，瞳孔深處的金光再起，長淵定住身形，接了越王兩招，化守為攻，擊得越王又往後退了三步。

長淵正欲追擊，卻猛然覺得腹內一空，身上的傷口傳來撕裂般的疼痛。

糟糕，長淵暗道，那蟲子煉化出的神力沒了……

不等他想出應對之策，對方的殺招已逼至身前，避無可避，長淵唯有稍稍側過身子，躲開了越王直逼心房的攻擊。

對方的指尖穿透他的肩胛骨，越王揚聲大笑，然後狠狠地將長淵甩出去。長淵的背劃過深潭邊上的尖石，終是在即將滑入潭水之中時停了下來。

長淵癱軟在地，身上的筋骨猶如扯斷了一般疼痛，他越想撐起身便越是疼痛。

越王邁著勝利者的步伐，漫步到長淵面前，似炫耀自己戰果一般舔了舔指尖上的血。「你身體裡的力量也甚好，乾脆也讓我嘗嘗吧。」

辰渚在後面聽得這話，渾身發抖，半是生氣，半是害怕。他氣憤地捶了捶自己的雙腿，但爬不起來。在如此強大的邪氣之下，他爬不起來！半分忙也幫不上！抬頭一看，眾仙長也皆是一副憤恨的表情。

憤恨著自己的無力。

適時，一道人影衝了過去，嬌小的女孩用瘦弱的肩膀擋在長淵身前，怒瞪著越王，紅了一雙眼，她吼：「我讓你吃！隨便嘗！但你不准欺負長淵！」

爾笙的舉動無疑讓眾人都吃了一驚。

眾仙人尚且無法抵禦的邪氣，她到底是如何不受其影響的？

越王血紅的眼眸盯住爾笙。「呵，這世上竟還有蠢得自己來送死的。」爾笙狠狠瞪著他，眼眸中全是厭惡與仇視，越王心中怒火大盛。「既然妳存心求死，本王便遂了妳的心願。」

他慢慢走近。

長淵動了動指尖，想把爾笙擋在自己身後，奈何身體已痛得麻木，全然不聽他使喚。

何曾狼狽至此，長淵心裡苦笑，連一個凡人也敵不過。他從未覺得上古神龍的力量有何希罕之處，但現在，當他失去了那股力量，他才知道為何世人皆對強大的力量趨之若鶩。

只有足夠強大，才能護著想護著的……

「小丫頭。」越王已行至爾笙面前，一手挑起她的下巴。「妳說，從哪裡開始吃呢？」

話音未落，空中突然砸下一道驚雷，逕自劈在越王背上，灼燒了他華貴的衣袍。越王一聲痛呼，甩開爾笙，連忙往後躍開。

「誰！」越王怒喝：「何人膽敢擾本王大事！」

夜空之中，幽藍的光芒劃過，爾笙略微失神地抬頭一望，只見白芒如箭一般紛紛落下，皆直直扎向越王所在之處。在那些耀眼的光芒之後，踏著涼夜清風而來的是一個穿著藍色立領大袍的男子。

神色肅穆勝似天人，只是眉心印著淺色的火焰過於妖異，在這樣一張沉靜的臉上顯得十分不協調。

「長淵。」爾笙低聲呢喃：「又有神仙來救我們了，」

長淵吃力地看了那人一眼，隨即無奈的神色更甚。他雖在萬天之墟待了千萬年，這人世已有許多是他所陌生的，但是他還是知道那人眉間的印記代表著什麼，畢竟天罰的印永生也不會變。

長淵道：「爾笙，此人乃墮仙，世人皆稱其為魔。」

魔？什麼是魔？爾笙茫茫然地盯著那人。

他全然無視周遭一切，只盯著越王道：「你犯下的重罪已足以讓我送你去荒城。」其聲清冷，好似他已是在對一個死人說話。

「是你！」越王突然有些驚慌。「你到底是誰！」

「長安，乃是我的名。」

長安……爾笙想，聽起來如此平和安穩的名字，為何卻是這個樣子？

地上的霽靈等人聽得此名卻是渾身一震，極力地抬頭想去看那人的相貌，但是終是敗於強大的邪氣之下。

唯有辰渚，直勾勾地盯著那人的面容，看得呆了去，他輕聲呢喃：「墮仙長安……古仙門流波山的最後一名弟子……」

越王聽得此名，驚得往後退了兩步。「你既已告訴本王不死草的傳說，為何此刻還要阻撓於我？」

長安淺淺一笑。「不過是想快些送你去荒城罷了。」

三界外，上有萬天之墟，下有無極荒城。皆是無日月、無生靈的死寂之地。無極荒城中囚禁的皆是罪大惡極、永世不得超生之徒。與永世封印的萬天之墟不同，無極荒城在送罪犯入城之時，會開啟城門，待罪犯入內，城門合上，不管是天庭、人間，抑或冥府，皆看不見其入口。

裡面的人出不來，外面的人進不去。

世人皆知，墮仙長安最喜送罪犯入荒城。

越王驚慌起來。「本王就要拿到不死仙草，馬上就能習得長生之術了！什麼無極荒城，本王才不去那種鬼地方！」

「由不得你。」

光芒閃過，眾人只聽越王一聲慘叫，接著空氣中的邪氣盡褪。越王眨眼間便被長安斬首，他將越王的魂魄束縛入一個小瓶子裡，貼身收好，剛欲離去，忽然瞧見深潭邊上的爾笙、長淵兩人。

「哦？」他有些驚訝地挑了挑眉。「上古神龍。」接著他目光一轉，落在爾笙身上，打量許久。「司命……」

突然，空氣中殺氣暴漲，長安眉間淺色的墮仙印記倏地變得如血豔紅，黑眸之中殺氣畢現。揮手間，一記光刃便直射爾笙而去。

眾人皆不料他此時會突然動手，欲救已來不及。

爾笙只見眼前一花，有身影擋在她身前，溫熱的鮮血濺在她臉上，接著「撲通」一聲水響，周遭頓時沒了聲音。等她稍稍回過神來，轉頭一看，長淵已經不在自己身後，而深潭之中，一襲黑色的衣裳沉浮了兩番終於沉了下去。

「長淵……」爾笙聲音顫抖，在眾人尚未反應過來之時，她已一頭扎進去。她下水毫不猶豫，沒人知道此時的爾笙尚不會水。

霽靈等人沒了邪氣的壓制紛紛站起身來，有幾位會水的仙長欲下去將兩人帶起來。

長安伸手一揮，在地上劃出一道深深的痕跡，他道：「誰敢救我想殺的人？」

眾人皆默，無人敢上前。霽靈重傷在身，被人扶起來後，咬牙切齒地望著長安，還沒說話，忽然眼角餘光金光一閃，竟是從那潭中泛出來的。

長安向身後一望，見潭中投出龍游動的影子，金光映入他的眼眸，帶著幾許光芒流轉，片刻後又慢慢熄了下去。

眾仙長驚疑不定，長安獨自呢喃：「龍塚果真在此地……運氣倒好，此次未殺得了妳。」他想，定是龍的血液打開了龍塚封印，讓兩人得以自深潭下逃入回龍谷。

不過既然得知司命已投生為人，那麼他定是要在世間將她殺一道才行的。儘管長安自己也清楚，死，對於司命來說無非就是回歸天位，沒什麼大不了；但她若不在自己手上死一次，長安想，此生他是無論如何也不會安心的。

他此生的宿命、所遭遇的一切，全都憑著司命星君所寫的那一紙命格……這樣的命，要他如何不恨？

長安望了一眼身邊面帶怒色、卻又礙於他的力量不敢貿然攻上來的眾仙長，道：「無方山弟子道術不精，此次殭屍之難算是給你們敲個警鐘。」默了默，他又道：「讓你們仙尊別睡得太安穩，世道安不了多久了。」

司命星君主天下命格，若她下界，這人世必會受其影響。

自然，這些話他是斷然不會與無方山的小輩們說的。他摸了摸懷中的小瓶子，騰雲而去。

翌日，所有中了蠱蟲的人皆不治而癒，自此殭屍之禍算是徹底結束，只是那些死掉的人再也不會回來了。無方山的仙長在天亮之後曾下得深潭去尋爾笙與長淵，但是遍尋無果，只得作罷，眾人齊齊隨趕來的仙尊回了無方山。

爾笙醒來的時候，耳邊是潺潺的流水聲。

她恍恍惚惚地睜開眼，看見日光傾瀉而下，刺得她眼睛微痛。爾笙坐起身來，覺得自己渾身痠痛不已。她捂著腦袋靜靜坐了一會兒，倏地蹦起來大聲喚道：「長淵！長淵！」

此時爾笙方才瞧全了自己所在的環境——

一汪清泉自腳下流過，遠處是一望無際的草原，草原之上點綴著零星的野花。蔚藍的天、潔白的雲，卻奇怪地沒有鳥兒或是蝴蝶，甚至沒有蟲鳴，全世界只剩下這叮咚泉水的聲音。

「呼……」

爾笙疑惑之際，一聲粗大的呼吸將她驚了驚。不對，還有別的生物。爾笙想，聽這個聲音，應當是個大傢伙。

她壯著膽子爬上了身後的一個小坡，看見坡下的物體時，爾笙渾身一震，又嚇得從草坡上滾下去。

是蛇妖！是那隻巨大的黑色蛇妖！

要趁牠睡著之時趕快逃，爾笙想，不然這次真的會被吃得連骨頭也不剩！

等等，長淵呢……

爾笙腦中突然閃過一個可怕的想法，渾身逐漸變得冰涼。她抖著手、抖著腳再次爬上草坡，小心地探出腦袋往下望，仔仔細細地將那蛇妖打量一遍。

牠好似受了很重的傷，渾身皆是鮮血，呼吸粗重，雙眼緊閉，染了一地的血，尾巴還浸在小河中，有絲絲猩紅的血液順著水流慢慢遠去。

牠這個樣子就像是爾笙第一次見到長淵那樣，虛弱且戒備。

爾笙沒有看見長淵的身影，腦海裡的那個念頭慢慢地擴大，她的臉色迅速蒼白了下去。但她仍抱著一絲希望，斂聲屏氣，小心翼翼地走到蛇妖身邊，一路找上去，就怕長淵被壓在蛇妖的身下，最後終是走到蛇妖巨大的嘴邊。

牠的嘴咬得死緊，仍有帶著腥氣的呼吸噴到爾笙手上，爾笙嚇得抖了好久，最後雙眼一閉，近乎不要命地將手放到蛇妖嘴上，將牠的脣往下掰開，看見牠森白的牙齒上纏繞著鮮紅的血絲。

長淵……爾笙快哭了，她沒看見大蛇的牙齒上殘留著長淵的任何東西，哪怕連一塊衣服的破布也不曾留下，就一些血，也不知是長淵的還是蛇妖自己的。

適時，蛇妖緊閉的雙眼倏地睜開，殺氣瀰漫，嘴裡粗重的呼吸噴了爾笙滿臉。爾笙駭得摔坐於地，呆呆地看著清醒過來的大蛇。

看清爾笙的身影，金色眼眸中的殺氣凝聚然後又慢慢散開。蛇妖探過頭來，像是安慰一般，用鼻子蹭了蹭她的臉。

而爾笙只聞到滿腔的血腥氣，她極力地忍耐住害怕與顫抖，但最後還是沒有忍住，「哇」的一聲嚎哭起來，一邊哭一邊嘟囔著：「混蛋蛇妖！你吃了長淵！整個吞了……你連塊渣也不給我留下。你還要吃了我……」

大蛇的金眸中閃過一絲茫然，見爾笙哭得厲害，又湊了過來想去安慰她。

爾笙卻怒了，一把推開牠的臉，紅著一雙眼衝著牠吼：「嗅什麼嗅！我又不臭！你要吃就吃，不許把我嚼碎了！我要和長淵待一塊！」

蛇妖不動了，下垂著腦袋乖乖躺在地上，盯著爾笙的眼中帶著三分好笑、七分無奈。

爾笙又哭了一會兒，將心裡的恐懼害怕都發洩得差不多了，終於慢慢安靜下來，哽咽著轉過頭去看大蛇。牠依舊趴在那裡，一動不動地盯著她。爾笙愣了愣。「你不吃我嗎？」

大蛇「哼哧」著吐了一口氣。

爾笙自顧自地點了點頭。「我懂了，你定是方才吃了長淵，飽了肚子，所以打算把我留著下一頓吃。」

對於爾笙這麼理解牠的意思，大蛇表示反對地「哼哧」一聲，爾笙卻突然蹦起來，衝過去抱著大蛇，就把自己的腦袋往蛇嘴裡塞。「不行、不行，待會兒長淵在你肚子裡就不見了！變成便便出來該怎麼辦！你現在就吃了我吧。」

見爾笙這般動作，蛇妖忙轉了頭，怕一個不小心，鋒利的牙齒真把她弄傷了。牠的尾巴繞過來輕輕捲住爾笙的腰，將她拉開。

爾笙拚命地掙扎，但是她那點兒力氣哪裡敵得過蛇妖，她越是掙扎就越是覺得無力，到最後只有認命地下垂著腦袋，一遍一遍喚著長淵的名字，十分可憐。

大蛇似乎嘆了一聲氣，轉過頭去，又用鼻子在爾笙臉上碰了碰，輕得溫柔。就像是長淵在說：「爾笙，不怕。」

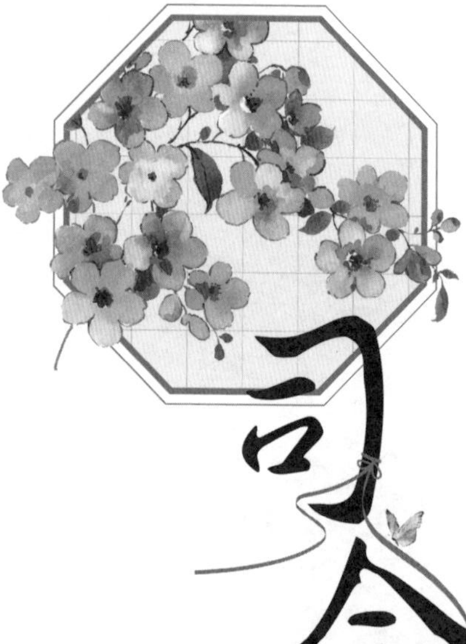

司命

第三章

回龍谷

敵我差距明顯，爾笙識趣地選擇了不再掙扎，只是情緒一直很低落。

大蛇把她捲起來，讓她坐在自己的鱗甲之上，長長的身體一圈一圈將她鬆鬆地圍著，就像是在她身邊鑄成了一道堅硬的圍牆。牠閉上眼，靜靜養神。

爾笙坐了一會兒，見牠確實沒有做出傷害她的事，她仔細一想，好像這蛇妖根本就沒對她表現出惡意。她大著膽子站起身來，伸手戳了戳牠的爪子。

大蛇回頭，睜開一隻眼，淡淡瞅了她一下，見她只是閒得無聊在戳著牠玩，於是頭一搭，閉眼繼續睡。

爾笙見牠沒有表示不滿，膽子更大了起來，伸手摸了摸牠身上黑甲，薄而堅韌。她得寸進尺地爬上大蛇的背脊，觸摸著牠的背鰭，心中越發奇怪，這到底是個什麼怪物？頭上的角像鹿，背上的鰭像魚，還有爪子，簡直……簡直像是夫子形容的傳說中的龍。

爾笙順著牠的背鰭看下去，忽然瞧見牠背上有塊皮肉翻飛的地方，鱗甲像是被什麼利刃切開，鮮血不斷地流出。爾笙好奇地伸手碰了碰那塊翻起來的黑鱗，忽然蛇身狠狠一顫，幾乎把爾笙從牠背上顛下去。

尾巴捲過來，將爾笙帶到牠面前，一雙金色的眼眸盯著她，讓爾笙產生了一股莫名的罪惡感。「很……很痛嗎？」

大蛇雖沒說話，眼眸中也沒流露出什麼情緒，但是爾笙知道，剛才那麼一碰確實讓牠不好受。她道：「如果……如果你現在把長淵吐出來，或是把我吃進去，我就幫你吹吹。」

對於爾笙的執著，大蛇似乎有些無奈，想了一會兒，牠用爪子在地上刨出幾個字。爾笙盯著牠爪子劃過的地面看了許久。「你在畫什麼？」

爾笙不識字，她是個女孩，又是個孤兒，村裡的夫子根本就沒有收她為學徒。有時夫子講課，她會蹭去聽聽，但是學文習字要書，她沒有辦法，所以到現在除了一、二、三，別的字一個不認識。

大蛇這次是真的沒辦法了，唯有定定地盯著她，眨巴著兩隻和爾笙腦袋一樣大的眼睛等了許久，爾笙終於開口問：「你真不吃我？」

牠點了點頭。

「那你為什麼要吃了長淵？」

牠哼哧地吐了口氣，搖頭。

「你沒吃？」爾笙呆了呆。「你沒吃長淵，但是長淵不見了……所以是長淵、長淵不要我了……」

面前的大蛇，也就是長淵，他突然發現，他終於解釋清楚了一個誤會，但是又深深地陷入另外一個誤會裡。他望著表情逐漸變得絕望的爾笙，頭一次產生了深深的無力感。

奈何他現在實在傷重，直接被打回原形，無法恢復人身也無法運用神力使自己口吐人言。他只好捲著尾巴，用尾端柔軟的鰭輕輕拍了拍爾笙的頭，以示安慰。

爾笙盯著自己的腳尖看了一陣子，忽然鬥志昂揚地奮起。「不對！長淵答應了不會丟下我的，他一定是被壞人劫走了！他一定在等著我去救他！我得去救他！」說完隨便找了個方向就要往前衝。

長淵心裡因為爾笙的在意而微微一軟，見她急匆匆的模樣忙用尾巴將她捲住，往自己身體這邊一攬，讓她乖乖地靠著自己站好。回龍谷裡四處皆是沼澤，可不能由著她亂跑。

「大黑，你幹麼攔著我？」

聽得這樣的稱呼，長淵的尾巴微微一緊。若是此時長淵捲著的是司命，那麼她定會笑著說「所謂蛋疼菊緊是也」，但是現在他捲的是爾笙，爾笙只是感到奇怪地看他。過了好久，她似乎突然明白了什麼似的，眼眸一亮。

「大黑，你知道長淵在哪裡對嗎？」

長淵唯有點頭，爾笙眸中射出來的光幾乎耀眼。「那你可以帶我去找他嗎？」

長淵回頭望了望自己背脊上血肉翻飛的傷口，又默默地盯著爾笙。爾笙立即明瞭他的意思，眼中的光慢慢散去，然後又心疼地摸了摸長淵的鱗甲。「我忘了你受了這麼重的傷，那我幫你把傷養好了，咱們就去找長淵好嗎？」

哪能說不好，長淵想，等他傷好了一點點，就立刻恢復人身，絕對片刻不耽誤！

爾笙的性子單純，說放下就真的放下了。她說要幫大黑養傷，自然也是要落實到行動上來的，她撕下自己褲腳上的一塊布，拿到小河邊搓洗乾淨了，跑到長淵面前道：「你身上流這麼多血，肯定黏著不舒服，我幫你擦擦身。你放心，我會避開你傷口的。」

長淵點了點頭算是答應，他以為擦擦就是隨便擦擦……

爾笙得到同意，立馬忙開了。對於她來說，這條「蛇」大得過分，爬上爬下的擦拭費了她不少力氣，但是這是能帶她找到長淵的傢伙，爾笙想，絕對不能敷衍。

於是她擦得相當仔細，但她若再細心一點兒的話，應當能發現，當她仔細地擦洗某些部位時，那漂亮的金色眼眸裡不斷飄過絲絲尷尬與赧然。長淵堅硬的鱗甲裡那顆許久不曾激動過的心，被撥弄得活躍地蹦躂了許多次。

在被關入萬天之墟時，長淵只能算是一條幼龍，對龍族生育之事雖有了解卻沒有實踐。知曉龍族被滅族以後，他從此就絕了生育後代的念頭。畢竟他一條公龍，要做這種事也是心有餘而力不足的。之後千萬年裡，他一直獨守萬天之墟；再然後司命來了，司命豪邁得不像是一個雌性，但是她好歹也是個雌性。司命雖喜歡在他身上蹭來蹭去地戲弄他，但是她仍知道長淵身上哪些地方要少碰，哪些地方盡量不要碰，哪些地方根本不能碰。一龍一人相處，司命把分寸拿捏得相當好，長淵自然也沒什麼別的念頭。

但是爾笙不一樣，她沒了司命的記憶，對龍這種生物半點不了解，連他逆鱗處的傷口也敢伸手去摸一摸。擦到那種地方……那麼仔細地擦……

長淵忍得渾身顫抖，然而爾笙卻渾然不知，長淵又怪不得她，只好自己咬碎牙齒和血吞，把被爾笙撩撥起來的戰慄感，死死地壓抑下去。

偏偏爾笙的好奇心還該死的強……

「咦？」爾笙感到奇怪地道：「大黑，你這裡只長了一條腿，還沒爪子，是被誰砍掉的嗎？為什麼沒流血？」不等他做出什麼反應，爾笙用手戳了戳「那條腿」。「痛嗎？」

長淵轉過頭，金色眼眸中有了點兒近乎可憐兮兮的溼意和一些莫名的光，他的呼吸也變得沉重許多。爾笙立即意識到，他定然是痛極了。「對不起，我不知道你這裡也受傷了，我會避開的，不會碰到了。」

長淵把頭放在地上，瞟了爾笙一眼，然後又拖著腦袋望向遠方。

爾笙想了想，他剛才那個眼神，有點類似於……那個什麼詞來著？哀怨？

忙了幾個時辰才終於將他全身擦拭乾淨，爾笙很高興地蹭到長淵的頭旁邊，摸了摸他的龍鬚。「大黑，你一定要好快點啊。」

才經過一番「搏鬥」的長淵似乎有點沒精神，哼哧了一聲，算是應了爾笙。

爾笙忙活了半天，身體有些疲憊了，倚在長淵的嘴邊坐下，這下倒是全然不擔心他會將她吃掉了。坐了一會兒，睡意來襲，她腦袋點著點著，眼睛就閉了起來。不一會兒，舒緩的呼吸均勻地響起，徹底睡著了。

長淵用尾巴將爾笙小心翼翼地捲起來，然後團起身子，將她放在中間，細細地把她的睡顏打量一會兒，頭倚著自己的身體，也閉上了眼，靜心調養。

回龍谷雖是被封印之地，但是仍有白晝之分。半夜的時候，月明星稀，涼風徐徐，爾笙半是冷、半是餓，難受得清醒過來。

長淵的身上全是黑色的堅硬鱗甲，哪能取暖，她又整整一天沒吃飯，還折騰了那麼久，此時腹中空無一物，更是凍得難受。爾笙藉著月色，爬出了長淵團起來的那個圈，剛往前走了兩步，忽覺有溫熱的氣息噴到她的後頸上，她還沒來得及看清，衣領便被長淵咬住，拖了回去。

「大黑。」爾笙也沒掙扎，任由他將她拖回去，她站穩身子，轉過身去望著他映著月色的金眸道：「我沒有丟下你的意思，我只是肚子餓了，想去找點兒東西吃。」

長淵眨了眨眼睛，這才想起，現在的爾笙與以前的司命不一樣，她是凡胎肉體，需要進食才能活下去。但是這回龍谷中根本就沒有其他活物，唯一能吃的，或許只有這地裡的草根罷了。

長淵有些愧疚，當初只記得逃命，卻忘了逃進來之後怎麼讓一個人類活下去。

他尾巴擺了擺，將身後一處草地掃平開，又示意爾笙往那處走。爾笙不明所以。「這裡有吃的嗎？」

長淵用爪子刨出兩根草根，用鼻子頂到爾笙身前。

「這個好吃嗎？」爾笙撿起其中一個，藉著月色看了看，感到奇怪道：「這個草的根怎麼長得像蘿蔔？看起來挺好吃的，我去洗個嘗嘗。」

爾笙抱著「蘿蔔」啃了一口，只聽「砰」的一聲，她臉色瞬間變了。長淵湊過腦袋去看，爾笙捂著嘴，哭喪了臉。

長淵不明所以，心道：難不成這草根有毒？不等他多想，爾笙的手從嘴邊拿下來，一顆斷牙混著血水躺在手心裡。

長淵一怔。

爾笙失神。「萌牙……又磕掉了……木有了。」

這下可好，兩顆白白的大門牙在這兩、三天內都磕沒了，爾笙氣得將草根扔在地上，狠狠地用腳跺了跺，可是那草根仍舊分毫未損。報仇無果，爾笙傷心地撲到長淵面前，趴在他臉上，抱著他的鼻子狠狠泣了一陣子，一邊哭一邊嘟囔：「木有萌牙，啃不了羅鋪……唔等找熬長淵我嗅餓死了！」

沒有門牙，啃不了蘿蔔，不等找到長淵她就要餓死了。長淵將她漏了風、發音不準的話聽了個明白。他這次已經知道沒有門牙是死不了人的事，但聽得爾笙這般哭訴，他仍舊相信這是一個非常嚴重的事態。

司命常說：失節事小，餓死事大。在回龍谷中，爾笙只有草根可以吃，而這草根似乎又超過了凡人所能咀嚼的硬度……

長淵想了想，忽然動爪子刨出了許多草根，然後用尾巴把爾笙捲到一旁。他一口咬銜起幾個圓滾滾的草根，鋒利的牙齒稍稍一用力，草根應聲而碎，根中的汁液流出，聞起來甚為芬芳。長淵沒急著把破開的根給爾笙吃，而是自己先吞了進去。隔了一會兒，沒覺得有什麼不對的地方，這才如法炮製又咬碎了幾個草根堅硬的外殼，放在地上。

爾笙看了看幾個破開了殼的草根，又將長淵的牙齒翻出來看了看，最後終於承認，這個世道是不公平的。

草根的內部比外殼柔軟許多，爾笙輕輕一吸，像喝粥一樣，將裡面的汁液吞進了肚子裡。「咦？」她覺得奇怪地打量一眼滿地的草，又喝了一口汁液。「這個……怎摸有蟲子的味道？」

她這樣一說，長淵忽然感覺腹內慢慢升騰出一股熱氣，就如同吃了爾笙找來的那些蟲子一樣的感覺。

他靜下心來，慢慢凝聚體內漸漸生出的內息，然後欣喜地發現，這些草根療傷的作用或許比林中的蟲子更為有效。

長淵不知，回龍谷中數千年無外人踏足，龍塚之中散發出來的殘留氣息令這片被封印的土地靈氣氤氳，地裡生出的花草千百年不敗，其根更是將這千年靈氣蘊藏其中。爾笙村後樹林中的那潭水便是與回龍谷的水相通，所以才常年清澈；樹林中的草木皆受此水恩澤，自然也常盛不敗；而林中的蟲子以林中草木為食，體內積聚了靈氣，也就成了療傷聖藥。

如今這草根生長在回龍谷中，自然是比外界的蟲子更有效地治理長淵的傷。

爾笙吃的不多，但是已足以飽腹，身子也暖和起來，她主動偎到長淵的脖子處，那裡有一圈蓬鬆的長毛，正好可以用來畏寒。她道：「大黑，我睡囉，你別再把我捲過去、捲過來的，我就睡這兒，暖和。」

長淵凝神調息，沒有搭理她，但是腦袋卻輕輕地往爾笙那處偏了偏，遠遠看去，倒像是一龍一人互相依偎著的模樣。

如此原地不動地過了三天，爾笙眼瞅著大黑背脊上的傷慢慢癒合了，心中欣喜。可是等到第四天早上，她睜眼一看，卻發現自己睡在草堆上，而大黑已不見蹤影。

爾笙登時驚醒，站起身來四處張望，尋找著大黑的身影。

今日回龍谷起了霧，籠罩天地的大霧阻礙了爾笙的視線，她喚了兩聲「大黑」，聲音消失在茫茫霧色之中，連回音也不曾有。

爾笙有點心慌，這樣的感覺就像是天地間只有她一人。

忽然，不遠處傳來輕細的腳步聲，在寂靜的霧色裡顯得尤為突兀，爾笙凝神細聽，發現聲音越來越靠近她了。她心中起了一絲戒備，而更多的卻是一分期待。

那人的身影在霧氣中影影綽綽地投顯出來，爾笙漸漸瞪大了眼，沒等完全看清那人的面容，她箭一般衝出去，撲在那人的身上一陣搖頭晃腦地猛蹭。「長淵！長淵！」

這一身黑衣打扮的，正是恢復了人身的長淵。見爾笙這般在他身上磨蹭，長淵微微僵了一瞬。經過上次的「擦身」事件之後，他對爾笙的親暱難免顯得有些不自然；然而感覺到爾笙微微顫抖的身體，他猶豫了一瞬，最終還是將手放在她頭上，輕輕拍了拍，似安慰，又似親暱的撫摸。

「你去哪兒了？我一醒來就在這裡，旁邊睡了一隻大黑蛇，我還以為你被牠吃掉了。」磨蹭了好一會兒，爾笙才抬起頭來望著長淵，這話說得無比委屈。缺了兩顆門牙的嘴看起來不太雅觀，一說話不僅漏風，還四處濺唾沫。但是長淵不在意，爾笙也沒有覺得不好意思。

「那不是蛇。」長淵糾正爾笙的錯誤。「是龍。」

「龍？」爾笙呆了呆，臉上突然浮現出一絲為難的神色。「可是龍……怎麼那麼猥瑣……」

猥瑣……

宛如一道驚雷劃過長淵腦海，砸得他有些措手不及，他怔愣了好一會兒。

「是……是猥瑣嗎？」

「牠一直蜷縮著，看起來很沒精神。」

「或許是因為受傷。」即便是面對司命，長淵也不曾如此著急地想解釋清楚一件事情。

爾笙點了點頭。「是啊，牠受了很重的傷，看起來很沒精神，十分猥瑣。」

長淵又是一怔，心道：難不成，在她心裡，所有生物受傷之後就會變得很猥瑣嗎？這、這……

腦海中隱隱劃過一道光，長淵忽然想到爾笙素日用詞不當這個毛病，琢磨了一會兒，帶著些許小心地問：「妳說的應當是委靡吧。」

「咦？」爾笙一愣，恍然大悟。「啊，那個詞叫委靡嗎？我就說，說起來怎麼不大順口。」

長淵沉默，他越發深刻地認識到，或許在教爾笙法術之前，他應當教教她寫字。

「對了，說到大黑，剛才我就沒看見牠了，跑哪裡去了？」爾笙在長淵懷裡探出頭，四處張望。

長淵摸了摸爾笙的頭，蹲下身來，望著她的眼睛道：「爾笙妳知道我並非人類。」

「嗯，知道。」

「大黑……妳前幾日看見的那條龍，其實是我的原身。」長淵怕她聽不懂，又直白地加了一句：「爾笙，我是龍。」

爾笙盯著長淵眨巴眨巴了眼睛，透亮的黑眸越發閃亮起來。「我家相公人長得漂亮對我又好，還會法術，還能變成大黑……龍！」她圍著長淵轉了兩圈。「我的眼光太他奶奶的好了！」這語氣中透露著的驕傲，活像她自己也能變成龍一樣。

看著爾笙閃閃發亮的目光，長淵忽然有一種哭笑不得的感覺。忽然，爾笙臉色微微一變，慢慢升起一股潮紅。「那麼說……那麼說，那天我是在幫長淵擦身，光禿禿的……」

提到這個話題，長淵噎了噎，輕咳兩聲，目光瞟向遠處，臉色也漸漸變紅了。

「哎呀。」爾笙捂臉叫：「好羞澀！」雖然她是這樣叫喚，可是還是衝進了長淵的懷抱裡，緊緊將他摟住。

因為長淵此時蹲著，爾笙便把腦袋放在他的頸窩處亂蹭。蹭了許久，爾笙突然抬臉來，在長淵耳邊小聲道：「雖然給大黑擦身很累，但是如果你喜歡的話，以後……以後你還要擦擦，我也可以幫忙。」

「爾笙……不可如此。」長淵拉開她。

「咦……這是怎麼了！」爾笙驚呼。「怎麼流了這麼多鼻血？」她慌亂地用手去捂長淵的鼻子。

「嗯，無妨。」長淵淡定地擦了擦臉上的血跡，強迫著自己唸了許多遍靜心咒，才總算定下神來。

「真的沒事？你背上不是有傷嗎？是不是裂開了？」

背上傷口裂開了，血會從鼻子裡面流出來嗎……長淵默了默，沒有問出口。他道：「傷勢已穩定不少，只是要打開回龍谷的結界到外面去，我身上這點兒神力還是不夠。」

「那咱們就在這裡待著吧，有長淵陪著，沒什麼不好。」

長淵搖頭，望了望蒙了霧的天空，明明什麼也沒有，霧濛濛的一片，爾笙卻見他眼中生出了許多嚮往。

「以前我常年被幽禁於萬天之墟，不知生為何物，亦不知死有何懼，空修了萬年的神力，卻不知自己活著到底是為了什麼。後來……有人告訴我，外面的天地浩大，世事變幻無常，我便想著要出去走走，看一看這蒼茫大地，是否真如故人所說的那樣美好。」

「看到了嗎？」

「誠如故人所說，人世滄桑，有喜有悲，可是這一點還不夠。」長淵道：「我想親自用腳丈量這片先祖曾生活過的土地，彼時，每一步皆是修行。」

爾笙點了點頭。「那我就陪著長淵好了，你想去哪裡，我們一起。」

長淵拍了拍爾笙的頭，沒有說話。他知道，爾笙是司命的轉世，她不是下界度劫，便是在上界出了什麼事故，躲到下界來的。她此生註定不得安樂，也必定不能一直陪著他。

但是，既然她想，他就會護著她。

「長淵。」爾笙忽然問：「你以前為什麼會被幽禁起來呢？你做錯事了嗎？」

長淵一怔，眼底深處掠過一絲極冷的譏笑，而面色卻依然平靜。「沒有，只是無能之人皆相信所謂天意。」

爾笙不大懂這話的意思，但是聽長淵這個口氣，她便識趣地換了話題。「那我們現在怎麼辦？在這裡待著，等你傷完全好了，咱們再出去嗎？」

「嗯。」長淵牽起爾笙的手。「不過我們要換個地方住，這裡溼氣太重，對妳不好。」

爾笙乖乖地由他牽著，亦步亦趨地跟著他的步伐慢慢走，即便她根本就不知道長淵在茫茫霧色之中要帶著她去哪裡。

回龍谷中多沼澤，即便是長淵牽著爾笙，爾笙依舊走得有些踉蹌。

不一會兒，長淵便停下腳步，蹲下身子，輕聲道：「爾笙上來。」

爾笙遲疑了一番。「可是……你背上有傷。」

「無妨。」

爾笙這才敢伸出手，小心翼翼地越過他的肩，抱住他的脖子。長淵背著她，一步一步走得平穩。爾笙一開始還有些緊張，怕自己壓著了他的傷口，慢慢地見長淵確實走得輕鬆，才放心地把腦袋搭在他肩上。

出神地看著兩人慢慢糾纏在一起的髮絲，爾笙道：「長淵，為什麼對我這麼好？」

「妳對我很好。」他很自然地答了話之後，自己也有點困惑。「妳又是為何？」

「我喜歡你。」爾笙抱著長淵脖子的手緊了緊。「一看見就喜歡。」

「喜歡？」長淵看著前方被大霧迷了的路，神色間有些迷茫，喃喃道：「或許……我也是。」

爾笙聽了這話，心裡一時激動起來，只想著要把自己的這份喜悅傳遞出去。正好她又趴在長淵肩上，「啪」的一口便啃在長淵臉上，力道大得幾乎要在他臉上印出個缺了兩瓣門牙的印子。

長淵頓住。

爾笙咧著嘴笑得正開心，見長淵望她，她猶豫了一下，問：「咬得很痛嗎？」沒等長淵答話，她便把自己的臉伸出去。「好吧，為了公平，你也可以咬我一下。不可以太重！」
「咬？」
「以前隔壁的朱家嫂子和我說過，和喜歡的人可以互相咬一咬。」
「還有這樣的規矩。司……沒與我說過。」
司命自然沒有與他說過，司命與他說的叫「辦事」、「交配」、「準備生孩子」！人類的偉大之處就在於，他們總是能把一件事變化出好多種說法。
爾笙將臉伸出去半天，沒見長淵動作，剛想安分下來，長淵忽然探過頭來，一口咬在爾笙的唇上。爾笙只覺唇上一麻，身體忽地變得酥軟，還沒等她產生多餘的感覺，長淵便放開她的唇。儘管連爾笙也感覺出來了，他放得很艱難，或者說是……意猶未盡。
「為什麼咬我嘴巴？」爾笙愣愣地問。
「找不到別的地方下口。」長淵答得自然。
爾笙還在怔然，卻見長淵抿了抿唇，神色有點奇怪。「為何……有點不對。」
「是不對……」爾笙摸了摸自己的嘴巴。「長淵，你使什麼法術？為什麼……為什麼我被你咬了卻覺得很舒服？」
長淵同樣困惑地看了爾笙一眼。「興許是妳身體裡殘留的法術吧。」這話他沒說完，後半句是——我也覺得很舒服。

欺負爾笙，會有種奇怪的愉悅感。長淵有點被自己這種喜好嚇到，心底又是幾遍靜心咒低語而過。

接下來，兩人各懷心事，緘默無言，一路上只有長淵輕細而穩定的腳步聲。不知走了多久，四周的霧氣漸漸散開，爾笙看見不遠處有一個巨大的石碑，像是擎天之柱，直插雲霄之中。碑上隱隱約約刻有一些圖紋，待慢慢走近，爾笙才看見，這石碑之上刻的竟全是龍的圖案。

碑上的龍被刻劃得栩栩如生、鮮活無比，他們皆仰首向上，好似要跳出這巨大的石碑，重新遨遊於天地之間。就這樣靜止不動，也讓人心生敬畏之感。

長淵放下爾笙，由著她像是被迷惑了一般，呆呆地注視著聳入天際的石碑。「這龍刻得真好。」爾笙驚嘆。

「這些並非刻上去的。」長淵的聲音微冷。「此碑之中皆是上古龍的殘骸，他們被永世埋葬於此。」

「為什麼？」爾笙大驚。「大龍們做錯事了嗎？」

「天罰，無錯也得受著。」

爾笙默了默，回頭看見長淵眼中的神色，心裡莫名生出一股酸澀的感覺。她站在長淵面前，使力地踮起腳尖，將自己的手往他頭上放，好不容易才摸到他額前的青絲。「沒錯就罰人，是老天爺錯了。咱們大氣度，不和祂計較。」

長淵被這句安慰的話說得一怔，任由爾笙奮力地踮著腳尖安慰了自己一會兒，然後他低下頭，近乎於柔順地讓爾笙撫摸他的頭髮。聽著她軟軟的聲音，心中灼燒得疼痛的怒火慢慢熄了下去。

過了一會兒，長淵問：「爾笙在此處可有覺得不適？」

「沒有。」爾笙不知，此處上古神龍的浩然之氣十分懾人，若是尋常人到此，怕是早已嚇得口吐白沫、精神失常了。而爾笙尚能如往常一般，實在是因為許多巧合。她膽大心粗、感覺遲鈍是其一，自幼吃的蟲子便是這回龍谷的水養大的，她對這樣的氣息已十分熟悉是其二；最重要的是，前不久長淵才教會了她一些龍族法術，所以她才能在這浩蕩的龍氣之中悠然自得。

長淵點了點頭，在地上挖出幾根草根，將其破開，放到爾笙面前。「我要去祭拜先祖，妳先在此等等。或許我要明日或是後日才能回來。」

爾笙有些不捨。「要離開兩天嗎？」見長淵點頭，她還是懂事地放了手。「那你盡量早點回來哦……等等！」爾笙想起更重要的一件事。「給我多開兩個蘿蔔！」

爾笙守著一堆破開的草根，目送長淵的身影消失在巨大的石碑中。

她喝了點兒草根的汁，又百無聊賴地拔了幾根草，最後趴在草地上慢慢睡著了。

回龍谷中起了一陣風，颳過爾笙的鬢髮，一句話若有似無地穿過她的腦海。

「司命，不司己命，不逆天命。」

她不理解這話的意思，腦海裡像是有一塊鐵石，拽著她慢慢沉入夢境。

「妳不該私入萬天之墟。」一個男人在嚴厲地指責。「妳竟還想放他出來。」

「為何不能？」女子清脆的聲音與他針鋒相對。「他不曾害過誰，他也該掌握自己的命運。天界沒有權力因著一個上古預言囚禁著他，他渴望自由，並且應該得到。」

「司命，看清楚妳的職責。妳司萬物命格，妳應當知曉，主宰命運的，只有上天。」

「哼，天地不仁，那我便要逆了這天。」

「放肆！」

「帝君。」女子的聲音帶著點兒自嘲。「我喜歡你，你可以棄之如敝屣，但是你阻止不了我喜歡你。就如同現在，我要放他，你可以讓我失敗，但是我必須要去做。」

「妳……」

「爾笙？」

有人在輕喚她的名字，耳邊嘈雜的聲音慢慢褪去。爾笙睜開了眼，藍天白雲，長淵正盯著她。

「作惡夢了？」

爾笙揉了揉眼，感到奇怪道：「你不是說要去一、兩天嗎？怎麼這麼快回來了？」

長淵一怔。「我確實去了兩天。」他望了一眼爾笙身後幾乎沒有動過的草根，道：「妳睡了兩天。」

「咦……這麼久，我就只作了個夢而已。」

長淵摸了摸爾笙的頭，眼神中漏出點兒心疼。「定是這些日子累著了。」他將爾笙扶起來，先遞給爾笙一柄威風帥氣的黑色長劍。劍身與劍柄乃是一體，劍鋒尚未開封，而寒光已露，乃是一把稀有的好劍。

爾笙不解。「這是什麼？」

「我見妳平時沒有防身的武器，便給妳做了一把。」

聽了這話，爾笙忙欣喜地接過，一陣仔細地打量。「真漂亮，真漂亮，長淵這是你打的？叫什麼名字？」

「名字……」長淵猶豫了一下。「就叫它一片鱗劍好了。」

「一片鱗？是用你的鱗做的嗎？難怪是黑色的，可是一片鱗這個名字……」

被不識字的爾笙鄙視了名字，長淵有些難堪，立馬正色道：「它叫一鱗劍，方才妳聽錯了。」

這個名字雖然也不大好聽，但是比剛才那個不倫不類的總算是好出不少，爾笙愛不釋手地拿著它看了又看、摸了又摸，忽然想到。「長淵，這個是用你的鱗做的，拔下來的時候痛嗎？流血了嗎？拔的哪兒的鱗？」

「無妨，不過是一片鱗甲。」不過一片鱗甲，卻是護心的那一塊。長淵從衣袖裡又摸出兩塊白色的小方塊。「妳看看，這個大小與妳的門牙可合適？」

爾笙往自己缺了兩塊的門牙上比劃一番。「剛剛好。長淵……你，你這是拔了多少鱗啊。」

「鑄劍的角料做的牙，沒有多拔鱗。」他動手將鱗片做的假牙往爾笙嘴上摁，用法力稍稍一凝，假牙便固定在爾笙的牙槽上，宛如長出來的一般。「此劍與牙皆是同一片鱗甲所鑄，以後妳戴著牙，劍便是妳的，沒有誰能拿得走。妳若是出了事，我也能第一個知道。」

「長淵……」爾笙拽住長淵的衣角。「你現在對我這麼好，以後、以後我肯定是不讓你納小妾的。」

「好，不納。」

自從爾笙拿到長淵做給她的那柄劍之後，每日捏在手上，不管有事沒事都喜歡摸兩下。

長淵見她喜歡得緊，索性就在調息內傷之餘教了她一些劍法，讓她平時也不至於無聊得老是瞅著他。爾笙是個好動的性子，這些天早把她憋壞了，有了一個可以玩的把式，她自是玩得不亦樂乎，上竄下跳地舞著劍蹦躂。

若是無方山的仙長們還在這裡，他們一定會驚訝於爾笙自身修為的神速進展。爾笙並不知道自己的身體裡面有什麼變化，她現在學劍只是因為長淵沒多的時間搭理她，她得自己玩著打發時間。

這片地方玩熟了，她就大著膽子到龍塚之下去轉轉，長淵也不阻止，漸漸的，她倒是有了膽量摸摸那些栩栩如生的龍。

一日，長淵還在調息，爾笙拿著劍在地上比劃。長淵睜眼看了看她比劃的內容，怔了一瞬道：「妳這個字是從哪裡學來的？」

「字？」爾笙疑惑地反問：「這是字嗎？是什麼字？」

「怨，怨恨的怨。」

爾笙嘴裡嘀咕了幾遍，手下又跟著比劃了幾道，企圖將這個字記住。

「爾笙想學字？」長淵道：「若想學，我可以教妳。」

「想學！」爾笙眸光一亮。「長淵好厲害，什麼都會！我挑相公的眼光怎麼能這麼好……」

長淵勾唇笑了。這些天，他的表情已經不似最初那般僵硬麻木，且帶著拒人千里的冷漠。在爾笙逗趣的表情言語下，他會不由自主地笑，多是微笑，偶爾會笑眯了眼。爾笙若是使了壞，他會皺眉，嘴會抿起來，偶爾還會動手收拾她；不過他捨不得下狠手，頂多是在自己周身布個結界，讓爾笙靠近不了他，過不了多久，爾笙便知道乖乖低頭認錯。

爾笙湊到長淵身邊，很是積極道：「我要先學長淵的名字怎麼寫。」

長淵如是寫下了他的名字，爾笙趕緊在旁邊跟著畫。爾笙腦袋瓜子很是機靈，這麼看了一遍，對比著一筆一筆，分毫不差地模仿下來，沒一會兒就記住了。

長淵又寫下了爾笙的名字，爾笙如是重複兩遍，心裡將這四個字記熟了。

在很久以後，爾笙恍然發現，其實長淵教她的也就是這四個字而已，但是這時的她以為長淵能把所有的字都教給她，以至於多年之後，當她能看懂許多書的時候，還是認為教自己習字的是長淵。

當然，這都是後話。現在的爾笙學會了四個字，心裡高興，學習的激情很高，又將「怨」字寫了一遍，問長淵：「那這後面的那個恨字怎麼寫呢？」

長淵這才想起，他應當追究一下這個字的來源，問了爾笙，她指著聳入天際的龍族石碑道：「是這個碑上面有的。」

長淵驚了驚，忙起身往石碑那方走去，圍著它看了一圈之後，神色變得困惑。「初時來的時候，此碑上並無字，現在竟不知不覺出現這麼多……」

爾笙見長淵的表情凝肅，心裡有點慌。「這是很不好的事嗎？」

長淵默了默，轉眼看向爾笙。「談不上好壞，可卻有蹊蹺，妳且在這裡等我幾天，我去龍塚之中再看看。」

爾笙乖乖應了聲「好」。

等長淵進了龍塚之中後，爾笙便坐下來一遍又一遍寫著「長淵爾笙」這四個字，彷彿這樣寫寫，心裡就會舒服很多一樣。坐乏了，她又舞一會兒劍，累了又坐下來寫字，不知這樣重複多少次，天色漸漸黑了下來。

爾笙倚著草堆，望著石碑正在發呆，忽然耳邊聽見一陣清脆的鈴音，叮叮鈴鈴，好似從天邊傳來，悅耳非常。她尋著聲音的源頭望去，忽見天邊有一抹異色劃過。她正定睛打量，那抹身影倏地出現在她能看清楚的視野之中。是一個穿著鑲金邊的赤袍男子，他頭髮高高地束在頭上，打理得一絲不亂。他踏雲而來，看起來像是腳下只走了一步，其實瞬息千里，眨眼間便行至爾笙面前。

眼前這個男子看起來很是威嚴，爾笙心底不由得生出一絲敬畏之感，除此之外，竟還有點莫名的激動；但是激動什麼，她也說不清楚。
來人看了她一眼，張口便喚道：「司命。」
爾笙一呆，這是她第三次聽見這個名字，一次是在長淵的嘴裡，第二次是在那個怪人長安的嘴裡，第三次便是現在。難道在他們眼裡，她與那個叫司命的人如此相像嗎？
「我叫爾笙。」她直視著那人褐色的瞳孔，說得堅定。
「怎樣都好。」那人行至爾笙身邊，上下打量她幾眼，一聲冷哼。「妳倒是個言出必行的人，果真幫到他了。」
爾笙雖不懂他在說什麼，但是心裡猛地生出一種心虛的感覺，讓她不由自主地想往後退。「你是誰？」
「妳上司，天帝。」他冷冷地說完這話，見爾笙一片茫然的神色，又小聲喃喃道：「……孟婆湯著實管用。」
「我不認識你。」
「妳認識。」他霸道地說完這話，解下腰間繫著的一個有些殘損的鈴鐺，爾笙方才聽見的鈴聲便是這個東西發出來的。天帝將鈴鐺的繩子繫在爾笙手腕上，不理會爾笙是否同意，一派上位者的作風，他道：「我此行不為其他，便是知會妳一聲，妳若要幫，我必定攔。妳能助他破開萬天之墟的封印，我也能把他再塞回去。」

天帝目光冷冷地掃了一眼直插雲霄中的巨大石碑，眸光犀利地看見了上面凸顯出來的一個個「怨」字。

「妳若是執迷不悟地想讓他得到什麼自由，那我便會讓他魂飛魄散，徹底的自由。」

爾笙聽得茫然，而心中的不安與害怕隨著他話的落音也變得越來越大。「你說的他是誰？是長淵？你不准害他！誰都不許傷害長淵！」

天帝在爾笙頭上微微一拂，爾笙便覺得頭頓時猶如撕裂一般疼痛，她抱著腦袋滾在地上，痛得幾乎不能呼吸。

天帝眼中閃過一絲不忍。「司命，妳不該逆改天命。妳在人界的行蹤隱藏得很好，但是天網恢恢，妳總是逃不過這一頓責罰的。」

爾笙此時覺得她討厭透了眼前這個人，他除了長得好看一點兒，沒其他優點。說的話讓人半點不懂，還讓她痛得快死掉了，而他還在一旁做一副「我很想救妳，但是我無能為力」的模樣。

這世上怎麼會有這麼扭曲的人……

其實爾笙不知道，她是司命的轉世，司命犯了事，連帶著轉世的她也必定要受到天庭處罰，或一生聾啞，或身有頑疾無法治癒。但在之前，天界並沒有找到司命轉世的蹤影，直到今日，天帝才尋了過來。

天帝看著爾笙在地上掙扎，道：「那條龍若是真著緊妳，看見妳手上的鈴鐺自然知道該如何去做。」

「你……壞蛋。」

爾笙已經痛得神志模糊，天帝的面容在她眼前晃來晃去，一會兒變成三個，一會兒變成四個。

「我今日這些話，妳定是聽不懂的。不過等有朝一日妳歸位之後，我只希望妳能放下這些執念，切莫入了魔障。」天帝轉身離開。

爾笙眼前陣陣發黑，她恍惚中，只聽見那人走之前說了這樣一句話。

「我素來不喜囚人自由，但我是天帝，有此上古預言，我不敢拿蒼生來賭。」

什麼上古預言，什麼天命，全是放屁。爾笙腦海中莫名地冒出這樣一句話，頭上的疼痛越發清晰，而她的神智也漸漸模糊，最後終是沉沉昏過去。

爾笙再睜開眼睛時便看見了長淵。此時她正枕在長淵的腿上，他墨染的青絲隨意地垂下來，髮端撓得爾笙臉頰有些癢。

「爾笙醒了。」長淵低下頭，摸了摸爾笙的頭髮，黑色的瞳孔似看著她，又似透過她看見了其他的東西。

他沉默著沒說其他的話，即便遲鈍如爾笙，也看出來了，此時的長淵很不對勁。

「長淵。」爾笙一把拽住他垂下來的青絲，帶著三分害怕、七分威脅地說：「你不准走，去哪兒都得帶上我！」

長淵被拽得抬不起頭，微微沉重的心思也被打亂，默默看了爾笙一會兒，才道：「爾笙，疼。」

能不疼嗎？她就拽那麼十幾根頭髮，再使點勁兒能把他的頭皮揭下來。

爾笙放了手，心裡又害怕長淵跑掉，左右看看不知道該抓哪兒，索性直接坐起身來，一把揪住長淵的衣襟，將他拉到自己面前，緊緊地盯著他。「你不走我就不拽你。」

見爾笙一副要揍他的模樣，長淵哭笑不得：「好，我不走。」

爾笙這才稍稍放下心來，鬆了手替長淵理了理被抓皺的衣襟，手腕間的鈴鐺叮鈴叮鈴直響。

長淵的眼眸垂下，盯著爾笙腕間的鈴鐺，若有所思地抿了抿脣：「爾笙……」

他剛一開口，爾笙忽然抓住腕間的鈴鐺死命地往下拽，但是天帝親自套上去的東西怎會被她這點兒蠻力拽下？腕間的皮都磨掉一層，那鈴鐺仍是好好地掛在她手上。

長淵一聲嘆息，握住她的手。「不必如此。」

爾笙咬了咬脣。「那個人說你看見鈴鐺就會離開……」

「爾笙知道我曾被囚禁於一處暗無天日之地。」長淵握住爾笙的手，碰了碰她手腕間的鈴鐺。「那裡名為萬天之墟，乃是天地之間一處死寂之地。位於地之彼端，在深深的懸崖之下。此鈴乃是懸於懸崖邊上的神物，不管是有外人進去，抑或是裡面的人出來皆會驚動此鈴，上達天聽，彼時將會有天上的兵將來阻止外人進去，也阻止我出去。」

爾笙不解。「可是你已經出來了。」

「所以天上的兵將便來抓我了。」

爾笙大聲道：「可是你沒犯錯，不該被關在那種地方。」

「我是龍。」長淵的聲音帶著幾分自己也無法訴說的迷茫。「上古預言，這世間將會毀於神龍的利爪之下……我會毀了三界，屠了蒼生。」

「長淵不會！」爾笙立即反駁：「你雖然不愛笑，但是看起來這麼呆傻、溫和，怎麼會做出那種事。」

長淵聽罷這話，怔愣了好久，最後才反應過來，爾笙這是在安慰他……儘管這話聽起來像是在罵人。

他微帶苦澀地彎了彎脣。「本來，我也是這樣認為的。」

長淵抬眸望向巨大的龍塚，瞇眼一看，上面密密麻麻的「怨」字已經慢慢沿著石碑蔓延而上。他道：「爾笙，現在連我自己都不知道自己是什麼樣的……東西了。」

爾笙總算是聽出長淵話裡的不對勁，擔憂地問：「長淵，你在那個石碑裡看見什麼了？你家祖先現身找你談話了嗎？」

長淵又是一愣，斟酌了一會兒，點頭道：「算是……吧。」

爾笙了然，在她看來，遇見先祖的鬼魂是件大事情，無怪乎長淵的眼中有些失魂落魄的狼狽意味。

她安慰似地拍了拍長淵的肩。「只要他們沒有恐嚇你，要帶你走，其他的都不算什麼大事。如果他們說要帶你走……唔，你就說你現在已經是我的人了，自己做不了自己的主，讓他們來找我吧，我會幫你應付他們的。」

凝重的心情被爾笙故作世故的模樣逗樂了，長淵揉了揉爾笙額前的頭髮。「妳說得對，生死之外無大事，擔憂焦躁什麼都不能改變。」

爾笙樂呵呵地抱住長淵的胳膊。「那就沒事了。你在，我也在；你不走，我不走。」

爾笙半點沒問長淵在石碑中到底看見了些什麼，也不提自己在這裡碰見天帝後發生的那些事，連此時腦袋裡傳來的隱隱疼痛都一併忽略掉了。

沒什麼比孤獨一個人更讓她害怕，只要長淵還在，什麼都是其次。

而長淵只是任由爾笙蹭著自己撒嬌，聽著她腕間叮鈴作響的鈴聲，垂了眼眸。

他想，上古預言是一回事，陪著爾笙、護著她過完此生又是一回事。現在上古預言的事可以暫放一邊，當務之急是將天界派來捉他的人解決掉。

長淵想得很簡單，他想和爾笙在一起，一起去看看這世間美好，去經歷經歷人情冷暖。但是他的願望有人不准……那麼只要把阻止這事的人狠揍一頓，打得那人再沒了其他意見，這事就指定成了。

當然，這土匪般的思想也是出自司命之口……

回龍谷久無人跡，空氣中就只有他與爾笙還有那個「追兵」的氣息。長淵在空氣中尋找著那人移動的痕跡，等到晚上，爾笙睡著之後，長淵便追著氣息，悄悄離開了。

長淵本以為在天亮之前他便能回到爾笙身邊，他以為這不過是去對付一個小小的天界追兵。

等第二天爾笙醒來的時候，抬頭一望，除了一望無際的草原，她再沒看見長淵的身影。

「長淵……」

爾笙喚他的名字，一開口，腦袋便撕裂一般的疼痛。然而此時心中的驚慌早已嚇得她顧不得去想頭上的疼痛是怎麼回事，她來來回回圍著龍塚跑了好幾圈，一聲又一聲地叫著長淵的名字，忍著頭上越發強烈的刺痛，最後終於認清了事實。

他走了。

長淵走了……

身子一軟，爾笙摔坐在地上，愣愣地望著高大而冰冷的龍塚。上面的龍還是像她第一眼看見他們時一眼，栩栩如生。

長淵……我頭痛。

爾笙在回龍谷裡不閉眼地等了三天三夜，等到長淵為她破開的草根已經全部吃完。

爾笙將自己好好收拾一番，握著長淵留給她的一鱗劍，戴著兩顆磨白了的門牙，一腳深、一腳淺地走過回龍谷長長沼澤一樣的草原。

她記得長淵與她說過，一直往太陽升起的地方走，能碰到回龍谷的結界，一鱗劍能劈開它。

摸到了封印，出谷之前，爾笙回頭一望，遙遙地看見遠處佇立著的巨大石碑，整個回龍谷中一片死寂……

沉默的風輕輕颳，就像是在爾笙的耳邊輕輕訴說著。

回龍谷，再無龍回。

爾笙捂住頭，那一瞬間頭痛欲裂。

司命

第四章

修仙路

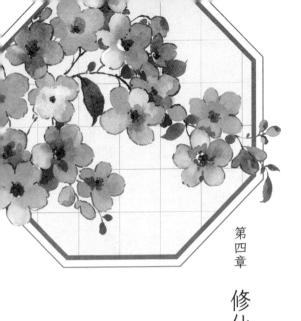

兩月後，臨海城。

臨海城靠海而建，百年前此處不過是一個小鎮，但由於近些年大齊王朝與海外島國東瀛交往越發頻繁，此處作為朝廷唯一的出海港口，臨海城自然也就慢慢繁華了起來。商賈來往不斷，各種貨品琳琅滿目，大街小巷中皆可聞商販叫賣的聲音。整個城市顯得生機盎然，熱鬧非常。

而今已是七月，流火時節，日頭高照，街邊的茶樓裡坐了不少進來歇息的人。

「聽說無方仙山的仙人們到咱們城裡來招收門徒了。」一個男子興致勃勃地說：「呵，好多大戶人家都爭先恐後地把自家子女往裡送。」

「可不是嘛，誰家不希望自家出個神仙尊者的，那可是長生不老的好事，誰不想分一杯羹。」

「哎，只可惜，這無方仙山收徒還要香火錢，整整一兩黃金啊，我要是有這個錢，也送我女兒去。」

「嘿，光送你女兒去？你兒子呢？」

「兒子留在家裡傳承香火，給我養老送終啊。女兒嘛，反正是人家的，讓她去做個神仙豈不逍遙？」

茶樓裡的坐客們發出哈哈的笑聲，路過門口的老乞丐聽得這話，一聲怪笑，牽著旁邊一個十來歲的小乞丐繼續往前面走，一邊走一邊說：「我覺得這神仙也沒甚好的，清心寡欲一輩子，哪有咱們自在？」

小乞丐好奇地往茶樓裡打量一眼，轉過來問：「那為什麼他們都想把自己的孩子送去？」

「神仙有上天入地的大本領，凡人誰不仰慕。」

「上天……入地。」小乞丐喃喃自語，靈動的黑眸裡閃過陣陣晶亮的光。「這樣，找起人來，肯定更方便。」

老乞丐找了個角落坐下，將破碗往跟前一放，望著小乞丐道：「妳也想去？可是老乞兒我賣了自己也值不了一兩黃金，妳還是打消這個念頭吧。」

這小乞丐正是爾笙。話說兩月之前，她從回龍谷中出來，穿過一片山林，好不容易走到一個無名小鎮上。她身無分文，又因為自小生活在閉塞的鄉村裡，沒學到什麼求生的本事，一個人在路上幾乎餓死。是沿路乞討的老乞丐心善，見爾笙可憐，便施捨了她一個撿來的饅頭。自此，爾笙便跟著老乞丐一路行討，來到了這臨海城。

爾笙聽得老乞丐這話，嘟囔道：「乞爺爺是我的恩人，我不會賣了你的。」她眼珠子一轉，撫掌道：「對了，我可以賣了我自己！」

見她為能把自己賣了而欣喜，老乞丐皺著一臉的紋，笑了會兒，轉而又想了想，點頭道：「這主意確實不錯。左右老乞丐我也活不了多久了，妳一個女娃娃賣去了無方仙山，總比賣去花街來得好。」

爾笙知道花街是什麼地方。她和老乞丐一起走了兩個月，路經不少城鎮村莊，見過許多這人世最底層之人生活的痛苦黑暗，爾笙漸漸明瞭許多此前她不明白的事，也慶幸之前自己生活的地方是那麼的平和安樂。

爾笙與老乞丐在街邊乞討了一天，第二天她便打聽清楚了無方仙山來收人的地方。老乞丐將自己身上所有的銅板都摸給了爾笙，拍著她的頭頂道：「好好去與仙人們說說，光是收個打雜的，他們應當不會為難妳。」

「乞爺爺放心，仙人們很心善，都是好人。」

「說得像妳認識他們一樣。」老乞兒擺了擺手道：「去吧，要實在不行就回來找我，老乞兒還在昨日那個牆角等妳。」

爾笙聽得心酸，她不捨地對老乞丐揮了揮手。「我以後會來看你的。」

無方山收徒的地方在一處大港港口，一艘巨大的海船停泊在港外，港口處擺了兩張桌子，有人在收錢。繳了一兩金後，便有人接那些公子、小姐們去檢查身體，身體好的就直接帶上船去，體弱生病的便被帶回給父母，說什麼也不讓上船。

許是此次收徒已經接近尾聲，岸邊來的人沒有多少，爾笙很快便找到了無方山的仙長們，他們都穿著白底青花的袍子，正閒得聊天。看見這樣的衣服，爾笙便想起了那段與長淵在一起的日子，鼻頭一酸，又忙壓了下去。

「仙人大哥！」爾笙小步跑到木桌前，堆著笑，望著桌後的兩人。

那兩人眉頭一皺，其中一個立即站起身來，揮手趕爾笙。「哪來的小乞丐？這兒可不是你行乞的地方，去去去！」

「仙人大哥！你聽我說，你聽我說！」爾笙繞開那人的手。「我知道你們收徒要錢，我沒有，可是我可以上船給你們打雜。」爾笙想，做不了無方山的弟子，做個打雜的小工也好，閒來也能偷得兩個法術學。她不用多學，只要能尋人氣息，能御劍而飛就行了。

另一個坐著的人怪笑道：「咱們無方山可是仙山，一個法術什麼搞不定，要打雜的做甚？」

爾笙聽了這話，愣了愣，她撓著頭想了許久。「不然我去伺候仙人們好了。」端茶送水，捏背捶腿，她學學應當能做得像模像樣的。

那兩位仙人對視一眼，倏地哈哈大笑起來：「小乞丐，你這是要亂了我們的清規啊。」站在桌後的那人蹙眉打量了爾笙一陣子。「這仔細一看，才發現是個小姑娘，眉眼倒是長得不錯。」

爾笙本能地厭惡那人上下打量她的眼光，側身躲了躲。這麼一躲，就讓那人看見爾笙背上背著的劍，他一聲大喝：「妳背的是什麼？」

他這麼緊張的一吼將爾笙嚇了一跳，她趕緊將背上的一鱗劍抱在懷裡，警惕地看著那個表情忽然變得凶狠的男子。「你吼什麼！這是我夫君給我的定情物！」

定情物，爾笙是這樣給這柄靈氣四溢的劍定位的。

「妳這個年紀哪來什麼夫君！」旁邊坐著的那人也站起來，神色同樣凶狠，緊緊地盯著爾笙，那模樣似在防備。

爾笙只覺得奇怪，她之前見過的無方山仙長可沒有一個像這兩人一樣！她被這兩人凶惡的模樣嚇出了一股狠勁，對他們吼道：「你們根本就不是無方山的仙人！仙人才不是你們這德行！」

她話音未落，那兩人臉色微變，他們對視一眼，殺氣同時自兩人眸中露出。

爾笙感覺到危險，轉身便跑。但她的速度怎及得對方快，才走開兩步，衣領一緊，她便被一人抓住後領。另外一人搶上前來，指甲暴長，直取爾笙的雙眼，竟是想將她戳瞎。

爾笙嚇得渾身冷汗直流，抱著一鱗劍一擋，她只聽一聲慘叫，再睜開眼時，那兩人已不知被什麼力量彈開，一前一後地摔在地上，嘴裡的鮮血像不要錢一樣往外直吐。

爾笙驚而又驚，駭然地看著懷抱中的一鱗劍。「長……長淵這是給我留的什麼寶貝？我不想殺人啊！」

「嘻，妳這姑娘倒有意思。」

背後一道陰風吹過爾笙的耳畔，好似有幽魂在她耳邊低嘆，她驚魂未定地轉身。十步開外，一個穿著豔麗的男子握著金折扇一搖一搖地打量爾笙，斜飛入鬢的長眉，一雙勾魂的丹鳳眼。與他這襲豔麗的打扮不襯的是他過於蒼白的臉色，如一張血色的紙空出一片慘白，怵目驚心。

像妖女一樣的男子。

這是爾笙對他的第一印象。

那男子打量了爾笙幾眼，點頭道：「眉目清明，靈氣四溢，是根好苗子。只可惜年紀大了些。」他頓了頓，又道：「這劍……不似凡品，小乞丐妳是怎麼得到的？」

「我說了是夫君給我的定情物！」對於別人沒記住她和長淵的關係，爾笙很氣憤。「你又是誰？」

男子挑了挑眉，似是在訝異有人敢這麼跟他說話。其實爾笙稍微細心一點便能察覺到，自這個男子出現開始，周圍的氣氛便變得很是奇怪，受了重傷、躺在地上呻吟的兩人甚至都沒了聲響。

爾笙不知，旁人在面對這個男子之時都會感到莫名的壓抑，一如辰渚初見長淵時一樣。

男子小小驚訝了一會兒，隨即便彎著嘴笑道：「我姓孔，名……美人。」

爾笙第一次聽見這麼難聽的名字，她認為以前村裡的鼻涕劉、王小胖子名字雖然不雅，但是卻勉勉強強能叫出口，比這個顧影自憐的孔美人什麼的好聽多了。於是她直白地說：「你確實是美人，但是一個男人取這個名字太難聽了。」

「哦？依妳看該如何是好？」

「該霸氣一點兒，叫孔大男人就不錯。」

美人瞬間露出了無比嫌棄的表情。「小乞兒，妳眉眼長得挺乖巧，怎生這樣魯莽，名字取得比我還難聽。罷了，看在妳我初見的分上，這次驚嚇便不算妳冒犯了我。」

爾笙還沒將他這話聽明白，他又興起道：「妳是想去無方山修道？」

「我想學法術。」

「法術。」美人想了一會兒。「我也可以教妳，看在妳天生異能的本事上，我可以收妳為徒，來，拜師吧。」說著，便擺出了一副想讓爾笙磕頭認師的架勢。

爾笙卻撓著頭道：「我沒有異能。」

「看見我不怕，便是天大的異能。」

「乞爺爺和我說過，這世間太醜的可怕，太美的也可怕，但是要說醜，你沒有妖怪醜，要說漂亮，你也沒有我夫君漂亮，我為何要怕你？」

「沒妳夫君漂亮？」美人將這刺耳的幾個字挑出來又說了一遍，語調轉了幾轉，神色間竟起了怒意。「乞兒，妳倒是第一個敢說有人比我美的。」他身形一閃，瞬間便飄到爾笙身邊，一根蔥白的手指挑起爾笙的下巴，道：「且叫妳夫君出來，讓他與我比上一比。」

爾笙一呆。「我找不到他。」

美人此時怒火上頭，抓了爾笙的衣領便往大船上走。「妳夫君既然有本事送妳這把劍，肯定也有本事來救妳，我倒要看看什麼人敢與我比美！」

雖然沒聽見那方在說什麼話，但是普通民眾見無方山仙人對一個小乞丐動手，且還有兩名仙人被乞兒所傷，帶著孩子來的父母頓時有些猶豫，遠遠地圍了一圈，礙於美人的氣勢都沒靠近，也沒敢說話，但此時人群中躁動的氣氛已很明顯。

美人眼一冷，揚聲道：「不過是捉了隻變幻為人類的妖怪，你們怕什麼？且看我將她收了。」

爾笙瞪他。「我不是妖怪！」

美人一笑，一股陰氣散開。「我說是，妳就是。」

「你……你不是無方山的仙人！你們都不是！」爾笙終於意識到有哪裡不對勁，上次她見到的無方山仙長們雖各自的脾性不一樣，但每人皆正氣凜然，有一股傲氣，絕不會指鹿為馬，胡亂發脾氣糊弄人。

「是不是又如何，妳知道得晚了點兒。」美人笑得惡劣。

爾笙知道自己被騙，怒火一起，她想起之前長淵教她運用靈力護身的方法，指尖凝出一道金光正要往美人身上拍去，忽然捉著她衣領的手一冷，寒氣順著背脊溜遍全身，爾笙指尖的金光散開，也再無力凝聚。

孔美人面不改色道：「妳這些小把戲還敢在本……公子面前晃，實在是找死。念在妳初犯，不罰妳了。」

爾笙這才知道，自己惹了個不得了的麻煩。

孔美人將爾笙捉上船，把她扔進一間黑漆漆的艙房，十分任性地說：「等妳夫君來救妳，我與他比了美之後再放妳出來，彼時妳再來拜我為師。」

言詞間沒有半分商量的意思，已經完全替爾笙做好了主。

這可急壞了爾笙，長淵若是能來救她，早就來了。這兩月以來，她在路上不止一次遇見危急性命的困難，每一次都靠著自己半是運氣、半是驚險地度過。

爾笙始終相信長淵不會無緣無故地拋下她，他肯定是遇見了什麼事！她想的便是得快些將法術學好，然後找到長淵去幫他。

可現在，她被這不知什麼身分的人抓了，天知道會耽誤到哪年哪月去！

正心焦地想著逃脫的辦法，忽然一陣窸窸窣窣的聲音自背後響起，爾笙往後面一看，藉著艙外投過窗戶的光，看見在一堆木箱中有一個粗麻大口袋在不停地動。

爾笙眨著眼看了它一會兒，好奇終是戰勝了害怕，她走上前，一爪子解開麻布口袋上繫著的繩索。

「啊……」爾笙瞪眼。「是你！」

辰渚，無方山弟子。

他此時被綁得像條毛毛蟲般對爾笙死命地擠眉弄眼，爾笙剛拉下封住他嘴的布條，辰渚便壓低了嗓音，急道：「這船上都是妖怪！快逃！」

爾笙很是無奈地嘆氣道：「要是你在我上船之前說這話多好。」

辰渚一怔。「妳……妳是被抓來的？」

爾笙撓了撓頭。「算是吧……你不是修仙的嗎？為什麼也被抓了？」

這話問得辰渚臉色一陣青白，他嘟囔了許久才道：「妳身邊不是有個厲害的傢伙嗎？妳不也被抓了！沒用！」這話的語氣頗為不屑。

爾笙本來就不是個善茬，之前在長淵面前表現得那麼乖只是因為那是長淵，而現在長淵不在，對仙長們十分尊重也因為人家救了她的命，在現在的情況下，爾笙心裡本就堆了許多委屈，被辰渚這麼一吼，自然不會忍氣吞聲。她狠狠地拽了一把辰渚的頭髮道：「長淵在的話，早把這些傢伙收拾了！」

辰渚被拽得哀哀叫了幾聲，礙於被捆綁著沒法反抗，唯有恨恨地瞪著爾笙。「臭丫頭！想死了？」

「你還凶！」爾笙放了辰渚的頭髮，手指拈住他一小撮眉毛。

「妳幹麼、妳幹麼……」辰渚急急地往後躲。

爾笙一抿唇，陰笑著把他的眉毛拔了一撮下來，隨即當著辰渚的面將那幾根毛髮吹散了。

辰渚不敢置信地看著自己的眉毛在風中零落。「啊……死丫頭，妳……妳竟敢……」

「我在路上聽人家說，拔毛的鳳凰不如雞，今天我要看看拔毛的臭小子比不比得過丫頭。」爾笙笑得十分愉悅。「你多放幾句狠話沒關係，反正你身上的毛還多。」

辰渚恨得咬牙切齒，不過倒是真的沒再放狠話。「妳幫我把繩子解開，我們找個時機逃出去。」

「你不准打我。」

「我才懶得和妳一個丫頭計較！」

聽得這句保證，爾笙才動手幫他解繩子，搗弄了半晌卻沒解開。

辰渚有些憋不住氣道：「快點！」

「我解不開啊！」爾笙也急得一頭大汗。「這繩子沒有結，我找不到在哪兒解開。」

辰渚聽得這話，嘆了口氣。「算了、算了，我還以為妳會點兒法術。」

「不，你別動，我能幫你解開。」爾笙卯上了勁，轉手抽出一鱗劍，漆黑的劍身帶著寒氣劃過辰渚的臉頰，辰渚只覺渾身一鬆，綁著他的繩子盡數被斬斷在地。

他呆愣地看著爾笙手中的劍，有些後怕地摸了摸自己的脖子。「這是……什麼？」

「長淵送我的定情物！」爾笙非常驕傲地宣布。

「你們夫妻的喜好……真別致。」

爾笙在漆黑的屋子裡轉了兩圈，又透過船艙的窗戶往外看了看，問：「這船上的都是些什麼妖怪，他們為什麼要打著無方山的旗號來收徒？」

「收徒？」辰渚一聲冷笑。「妖怪會有那麼好心？他們不過是想把這些人召集起來，送去給海上的一個大妖怪做祭祀品。」

「祭祀品……會被吃掉嗎？」
「廢話，連骨頭都不給吐出來。」
爾笙一怔。「辰渚，咱們快逃吧。」
「有那麼容易我早跑了！」辰渚皺眉道：「其他妖怪都不是問題，最主要的是那個長相最妖孽的妖怪！他的妖力深不可測。」
其實辰渚下山只是為了打探消息。近日來，老是有人打著無方山的名號收徒，事關門派清譽，仙尊自是十分看重，這才遣了辰渚下山探查。哪想對方竟是這麼不好對付的人，他才探出點兒名堂，便被人察覺了。辰渚只記得自己看了那個長得極美的妖怪一眼，醒來後便被捆了裝在麻袋裡了。
「那怎麼辦？」爾笙愁眉不展地坐在地上。「如果要被吃掉，我還不如去做那妖怪的徒弟呢。」
「徒弟？」辰渚瞅了爾笙一眼。「妳到這裡來，莫不是也存了到無方山拜師的心？」
「不行嗎？」
「別想了，無方山不會收妳的。」辰渚涼涼地說：「一來妳年歲大了，二來妳已成過親。第三嘛，經過上次殭屍之難後，仙尊可好好地將我們訓了一頓，下令無方山十年不再收徒，讓師父們盡心教導現今入了門的弟子。所以，妳別奢望了。」

爾笙聽罷這話，安靜許久。辰渚看見爾笙嘴脣動了動，他仔細一聽，才隱約聽見她在說：「那長淵怎麼辦？」

辰渚不知這兩人落入那深潭之後發生什麼事，也沒興趣知道。他現在最關心的唯有找個機會從船上溜走，然後想辦法把師父找來，救下這一船的孩子。

兩人在船艙裡相對無言地坐了許久，小窗口裡透進來的光從亮轉暗，最後灑成一片冰涼的月白色。眼瞅著已經到了夜晚，辰渚心裡正想著要跑只有趁現在了，忽的船艙猛然一抖，辰渚微驚，立即站起來走到窗邊，探頭一看，驚道：「不好，他們開船！等到了海上，我們想跑也跑不了了！」

辰渚來回踱步，思緒一片混亂。現在跑嗎？賭一下運氣，運氣好便能逃出生天，但是若被抓住了呢……會直接被殺掉吧。

他還在琢磨，忽聽「匡啷」一聲大響，只見爾笙像個猛士一般一腳踹爛艙門，直挺挺地走出去。辰渚驚駭，忙去拉她。「妳瘋了……」他轉頭往艙外一看，甲板上的水手們也同樣驚駭地望著爾笙。

她手中那把漆黑的劍在月色下微微泛著幽藍的光，凜凜寒氣逼得人不敢靠近。

「我要見孔美人。」她如是說。

彼時船已經開始慢慢向無際的大海行駛，孔美人穿著一身色彩斑斕的衣裳倚坐在主廳上，下方站了百來名孩子。手下的人代他訓完話，他便揮了揮手讓這些孩子都回各自的房間去休息。

他一聲長嘆。「無趣，實在無趣。」

「公子！」一個瘦削的男子腳步倉促地進了大廳，草草對他行了個禮道：「那個小ㄚ頭，帶著那個無方山的小子嚷嚷著要見您。」

「唔。」孔美人挑了挑眉。「一個小ㄚ頭說要見我，你便來通報？你把本公子也想得太廉價了。」

「公子恕罪！實在是那小ㄚ頭手中的劍……氣勢太過駭人了，小人、小人這不是沒辦法嗎……」

孔美人琢磨了一下，又問：「可有什麼美男子找來？」

「……沒有。」

「那去把小ㄚ頭帶過來吧。」孔美人一邊揮手讓那人退下，一邊自椅子背後摸了面鏡子出來，摸著自己的面容道：「明明送了如此厲害的一把劍，卻這麼久也不見人找上門來……她說這世間有比我還漂亮的人，莫不是騙我的？」孔美人又對著鏡子瞅了一會兒，皺眉深思。「確實，這話一聽便是謊言。」

不一會兒，瘦削的男子便把爾笙與辰渚帶來了。

見到孔美人，辰渚眉頭皺得死緊，渾身肌肉不自覺地緊繃，戒備的意味一眼便看出來了。

反倒是爾笙上上下下打量了他幾眼道：「你說要收我做徒弟的話還算不算數？」

此言一出，大廳中的人皆是一驚。辰渚更是不敢置信地瞪著爾笙：「徒弟？妳要做這妖物的徒弟？」

孔美人狀似無意地一揮手，辰渚只覺膝蓋一軟，「撲通」一聲便跪下去，任他如何掙扎也站不起來。孔美人這才笑望爾笙。「我素來是個言出必行的人，只是我已說過，與妳夫君比了美之後，我才收妳為徒。」

辰渚大喝：「妳拜妖物為師無異於認賊作父！妳我今日便是命喪於此也絕不該做如此失格之事！」

孔美人眼微微一瞇。「真吵。」

殺氣頓時瀰漫整個大廳，感覺遲鈍如爾笙也知道不妙，她往辰渚面前跨了一步，擋住他，慌忙之中，信口捏了個藉口來。「我……我夫君近來尋花問柳去了！他大概沒空來與你比美。」

長淵若是在此，聽罷這話，他大概會覺得自己冤死了去。

但此時沒有人用譴責的眼神哀怨而沉默地望爾笙，爾笙自然也就撒謊撒了個痛快。

孔美人斜倚著靠背，頗感興趣地摸了摸自己的下巴。「妳倒是大度。」

「我相信他。」

相信他能帶十七、八房小妾回來給妳嗎？孔美人靜默不語。

爾笙眼珠子轉了轉，心裡又生出一計。「我夫君此去不知歸期，對於修道來說，我年紀也不小了，如果你想早點收我為徒……不如去尋一尋他吧。我大概能給你提供一點兒線索。」

「嘻，小丫頭，想誆我幫妳去尋人？」孔美人想了一會兒道：「也行，我也好奇妳那夫君到底是個什麼樣的人。」

爾笙眼眸一亮。「那我們現在便去吧。」

「尋人不急在一時，但是這船卻是要準時到達目的地的。」孔美人擺了擺手。「若妳來找我只是為了這點事，便可以退下去了。小丫頭，妳那點兒心機還不夠看。」

旁邊的人正要上前將爾笙他們帶下去，爾笙突然握劍大喝：「等等！還有更重要的事！」

旁人被一鱗劍唬得一抖，有些無措地望向孔美人，孔美人挑了挑眉。「說。」

「我、餓了……」爾笙揉了揉肚子，神色有點局促，待看見四周的人錯愕的目光之後，她又凶狠起來。「不要以為我沒看穿你們的陰謀！你們是想把我餓得連路都走不動，然後就不用擔心我跑了！你們太陰險了！」

辰渚趴在地上裝死。孔美人怔愣之後，哈哈大笑。

爾笙惱羞成怒。「我都乖乖地縮在小黑屋裡等了一天！你們居然連個饅頭也不給我塞進來！」

「饅頭……」孔美人大笑不止。「去拿一筐饅頭送到她的小黑屋裡去。」

被送回船艙，爾笙抱著一筐大白饅頭吃得幾乎要噎死。辰渚盤腿坐在一邊，那種幾欲羞憤而死的目光照在爾笙臉上，好似恨不得能將她腦袋戳個洞出來。

「妳知道羞恥兩字是怎麼寫的嗎？」

「不知……」爾笙說的是實話，辰渚卻氣得吐血。

「妳像個英雄一樣踹了門出去，卻像個狗熊一樣要了一筐饅頭回來！出息！妳出息！」辰渚指著被卸掉的艙門，氣得發抖，他怒道：「妳看妳幹的好事！船也開了，門也踹了，咱倆就像兩塊乾臘肉等著被海風吹乾吧！」

爾笙抹了一把嘴，無奈地攤手。「這也不是我能阻止得了的啊。」

「臭丫頭，妳看我今天不收拾妳！」辰渚終是按捺不住心中的衝動，撲上前去便抓住爾笙的衣領。

爾笙哪裡是個任人欺負的角色，當即先噴了他滿臉的饅頭屑。辰渚怒火大熾，動手便去扭爾笙的胳膊。

這要換作是以前的爾笙，肯定早被他打趴下了，但是好歹爾笙也在長淵那裡學了不少招數，對付不了孔美人這樣等級高的，但應付辰渚這種半罐子水的還馬馬虎虎。她當下身子一轉，躲過了辰渚抓過來的手，往下一探，直取他的下盤。辰渚一躍而起，一腳踹上爾笙的腦袋，卻恍然記起這個丫頭似乎水平不怎樣，這一踹搞不好就得踹出事來。

可是沒等他收招，爾笙卻毫不留情地一掌拍開他的腿，另一隻手直取辰渚的胸口。辰渚急急往後退了兩步，眼瞅著要硬生生地挨上一掌，他趕緊側過身子躲開，爾笙卻收不住勢地撲上去，一爪子拉開辰渚的衣襟，白白的胸膛「刺溜」一聲便露了出來。

「哎呀。」爾笙收招，撓了撓腦袋，頗為不好意思道：「以前娘親告訴我，男生的衣服不能隨便扒的。抱歉，我沒想到你這麼不禁打。」

「妳……妳……」辰渚氣得一張臉青了又白，哪還有初見時那飄飄逍遙少年的模樣。

「咦，辰渚，你胸口上……」

「妳還敢看！」

「呃……」爾笙挪開了視線。「可是你胸口上有……」
「我有什麼與妳何干！」
「可是那個好像是……」
「啊！」辰渚看見自己胸口上的印記，一驚。「仙尊留給我的印……」
「有救了？」
在胸口的那個符咒上悄悄點了兩滴血後，辰渚便老實下來。
辰渚不罵爾笙，爾笙自然也不會主動去找碴，於是兩人每日在破了門的船艙裡老老實實地蹲著。

爾笙滿足地吃了幾日的大白饅頭，把臉都笑爛了。以辰渚的修為，早不用日日吃五穀雜糧，每當他看見爾笙那副滿足的表情都會嫌棄地哼哼上幾聲。
這種在膽顫心驚中夾雜著些許平淡安和的日子，總歸有打破的一天。
那日正午，天氣晴得好，忽然海天相接處便捲起一股黑氣，慢慢瀰漫了整個天空。
爾笙在船艙門口看見遠處的景色，招呼了辰渚過來。「是不是你仙尊他們來救我們了？」

辰渚往遠方一望，神色凝重下來。「邪氣沖天，怎會是我仙尊來了。想來是這船的目的地要到了。」

目的地？傳說中那個會吃小孩的海妖那裡？爾笙想到這個，不由得有點膽寒，忙把一鱗劍緊緊抱在懷裡。「那我們怎麼辦？」

「等。」其實辰渚心裡也是害怕的，聽見船上傳來越來越多小孩的哭聲，他自小便學習的俠義之心容不得他退縮。辰渚心道，若是等不來仙尊，他身為在場唯一一名修仙者，也決計要與這些妖孽鬥上一鬥，哪怕是戰死也好過苟且偷生。這也是他近些日子來看不慣爾笙的原因，在他看來，爾笙特意跑去與那什麼孔美人搭腔，要對方應允收她為徒就是一種認賊作父的怕死行為。

爾笙看了辰渚一眼，還真就老老實實地抱著一鱗劍坐到角落去了。她垂眸摸著一鱗劍，不知在想些什麼。

話說在那海上黑霧騰起後，有人稟報了孔美人，他這才懶懶地從床上起身，慢悠悠地洗漱了，披上一件大氅，打著哈欠信步走到甲板之上。

適時，船已完全駛入那片黑雲下，豆大的雨點劈劈啪啪地落在甲板上，弄得孔美人一臉嫌惡。「這死海妖擺什麼排場，溼了我這身衣裳，我就點把火煮了這片海。」言罷，手一揮，一個帶著橙色光暈的結界撐在孔美人周圍。
雨點落在結界之上均化為一股白煙，「刺溜」一聲便消失了。
「喂。」孔美人登上船頭，輕喚一聲：「本……公子可沒空跟你耗，出來，咱把貨換了，我還要去比美呢。」
話音剛落，前方黑色的海裡慢慢升起一個巨大的物什，帶著四周的海水激盪不斷。船像是要翻了一般左右搖晃，船艙裡坐著的爾笙便像個球一樣從左邊滾到右邊，又骨碌碌地滾回去。
辰渚緊緊抓住船艙門沿，眼裡鄭重的神色在看見那海妖的本體後忽然變得驚悚，但等那海妖完全露出身子時，辰渚嘴角抽了抽。「哈？」
這時，海面上的波浪慢慢小了下來，爾笙將一鱗劍插在甲板上，艱難地站穩身子，一步一步搖搖晃晃地往門邊挪。看見遠處那個妖怪時，滾得有點暈乎的腦袋愣了許久，才驚恐地拽著辰渚的袖子叫：「那是什麼！那是什麼！看起來好厲害！天哪、天哪！」
辰渚默了默。「據無方山藏書閣裡的《海國異州志》記載，那貨……應該叫海馬。」
「什麼馬？」爾笙驚。「翻了一雙死魚眼的馬！不得了、不得了！」
辰渚揉了揉額角。「照理說，海馬應當沒有這麼大的才是。而且……牠是不吃人的……」

兩人正說著，那巨大的海馬忽然「呲」地吐了口氣，夾雜著海水噴得一船都是。牠對著孔美人說：「孔雀，五十個小孩，我要先驗貨。」

孔美人招了招手，示意下屬們把小孩們帶出來。大大小小的孩子都被拖到甲板上，他們此時已經全然嚇呆了，互相抱成團，哭作一堆。

那海馬妖點了點人數，滿意地點了點頭，然後尾巴從海裡托出一個黑黝黝的珠子，一時邪氣四溢。

辰渚見了那物，渾身一震。「邪靈珠！」

爾笙又是一呆。「什麼豬？」

辰渚神色更為凝重。「集天地邪氣而成的魔珠，自天地起始時便存在了，它的邪氣能魅惑人心，控制人心神，令其失去人性。」

爾笙點頭感嘆。「好厲害的豬。」

「我聽我仙尊提過，數百年前此物曾大亂世間，墮仙長安一怒之下將此物擲於茫茫大海之中，從此它便再沒出現過，沒想到……」辰渚皺眉深思。「這些妖怪用五十個孩子來交換此物，到底意欲為何……」

孔美人高傲地仰頭望向海馬道：「珠子給我，我便把這些孩子投進海裡。」

海馬捲起尾巴，剛要把珠子送到孔美人手裡，忽然，一股殺氣驀地傳來，海馬一驚，卻見一個少年騰空而來，手中迅速結了個印逕直拍在牠尾巴上。海馬痛而驚呼，尾巴一伸，那珠子險些落入海裡。

辰渚見突襲未成，靈力猛地爆出，意欲切斷那海馬的尾巴。

忽然間，斜裡甩出來的一根長鞭捲住他的脖子，將他拉回狠狠扔在甲板上。

孔美人笑得冰涼。「找死？本公子成全你。」言罷，手輕輕用力，那黑色的長鞭竟然自根部慢慢長出尖刺，眼瞅著就要長到捲住辰渚脖子的那部分。如此長的刺扎入脖子中，辰渚必死無疑。

孔美人正閒閒冷笑，一柄漆黑的劍猛地向他擲來，孔美人冷哼，抬手便用鞭子去擋，哪想那劍鋒利得出乎意料，瞬間便斬斷了他的鞭子，直直插入甲板中。

辰渚忙拽開了幾乎令自己窒息的鞭子，胸腔快速起伏。

孔美人挑眉看了看手中的斷鞭，而後眼神涼涼地落在船艙口的爾笙身上。「這柄劍倒是出乎意料的鋒利。小丫頭，我對妳的夫君越發感興趣了。」

沒了一鱗劍在手，爾笙有些怕地往後退了退。

海馬此時回過神來，怒道：「孔雀，你沒有誠意，竟還帶了修仙者！」

「這修仙的小子和那丫頭都是臨時抓的，怎麼？難不成你想讓無方山的那些閒人知道咱們的交易？」

「哼，如此你便將這丫頭與小子都留下，我要親自處置他們。」

孔美人摸了摸自己的臉道：「小子你可以帶走，不過這丫頭我要留下。」

「孔雀，邪靈珠在我手，你現在得聽我的。」

一絲陰霾劃過孔美人的眼眸，他瞇了瞇眼：「海妖，你，這是在要脅我？」

不等海馬再說話，孔美人手一揮，一簇烈火如刃般飛去，逕自切斷牠的尾巴，隨即又帶著邪靈珠飛回孔美人手上。

海馬痛得直叫，孔美人嫌棄地掏了掏耳朵。「本公子本想守誠信，好好與你做生意，奈何你實在太不討我喜歡了。」他擺了擺手。「趁我砍你頭之前，快點消失在我眼前，快走、快走。」

海馬怒極而起。「孔雀小妖太過狂妄！」

隨著海馬的怒火而起的，是立即洶湧起來的海浪，甲板上的孩子幾乎被拋進海裡，尖叫聲不絕於耳。

爾笙本想趁著這個機會去把一鱗劍撿回來，可是船晃得實在厲害，爾笙走了沒有一步，便被晃趴在地上。

死了、死了。爾笙在慌亂之中看了怒火沖天的海馬一眼，心道：長淵，我身葬大海之中，沒法去找你了，但是你一定得記得，我一直是念著你的！

在此慌亂之際，天邊一抹白光倏地激射而來，逕直穿透海馬的頭部。

海馬一聲慘叫，隨即四周風雨驟滅，鋪天蓋地壓下來的黑雲也漸漸散開。爾笙抬頭一望，一位身著無方山道服的男子自天邊踏雲而來，他看樣子約莫三十來歲，眉目生得俊逸，他走得不徐不疾，帶著幾許慵懶隨意，卻一步千里，眨眼間便行至船邊。

男子落地之處正是辰渚趴著喘氣的地方，他拍了拍辰渚的頭。「好小子，勇氣可嘉，可就是笨了些。」

辰渚抬頭望了男子一眼，嘴角抽了抽，但是礙於對方的身分，還是恭恭敬敬地喚了聲：「師叔祖。」

來人名喚沉醉，乃是如今無方仙尊的關門弟子，他天資聰穎，生來便有仙緣，奈何是一副極為懶惰的性子，對法術修行不甚上心，但卻嗜酒如命。至今也只收了一個徒弟，說來他的徒弟爾笙也算是認識，正是那日救她於殭屍嘴下的霽靈。

沉醉的脾性導致他在無方山的小輩中很不受待見，因為各家師父都喜歡在背地裡說他閒話。只是他自己不在意罷了。

現在他會出現在這裡，不過是因為他跑出山來四處遊歷，正巧走到臨海城附近，聽聞前幾日無方山收徒的事，心知不對，這才追了過來。

沉醉撓了撓頭。「這可如何是好呢？偏偏讓我攤上這樣的事了，真不想管啊。」

孔美人對海馬的死無動於衷，上下打量沉醉一眼，笑道：「無方閒人，你就此離開，本公子就饒你一命。」

「唔。」沉醉想了想。「好吧，我馬上走。不過你手裡的那顆珠子得和我一起走。」

孔美人一張絕美的臉笑得妖嬈。「狂妄。」

沉醉揉了揉手。「我琢磨了一下，我其實是打不過你的，不過呢，我拚著這身修為也不是不能將你砍囉，左右我是不能讓邪靈珠再現人世的，咱倆就鬥一鬥吧。」

辰渚瞬間覺得他家師叔祖偉大了起來，雙眼溼潤地望著沉醉。

孔美人依舊挑了挑眉。「這一船五十個孩子，還有這小子你就不顧了？讓他們陪咱倆一起死？」

沉醉故作深思地想了想，隨即笑道：「為了天下太平，他們會死得其所的。」

辰渚不可置信。「師叔祖！」

爾笙趁兩人對話之際，慢慢摸過去握住一鱗劍，試圖將其從甲板裡拔出來。奈何她那一擲實在是過於用力，劍尖沒入甲板很深，她費了半天力，才拔了一點出來。

適時，天邊又急急劃過來三道銀光，沉醉抬頭一看。「哎呀，我師兄他們怎麼也到了。」他笑得頑劣。「這下子我可不用和你拚命了，拚命的活交給他們就好。」

辰渚一臉無可救藥地望他。

孔美人平靜的面容總算有點僵硬起來。船上假冒無方山弟子的妖怪們此時也都亂了手腳，全都嚇得現了原形。孩子們臉上皆是欣喜而期待的表情。

唯有爾笙，她全然不管周圍發生了什麼，奮力拔著一鱗劍，卯足了勁，在那方蹦蹦跳跳。

孔美人突然道：「好吧，這珠子我不要了。」說著把邪靈珠往身後一拋。

彼時爾笙正巧使了股大力，猛地將一鱗劍從甲板中拔出來。出乎所有人意料，孔美人扔出去的珠子恰好撞上爾笙拔出來的劍刃，眾人只聽爾笙一聲蠻力十足的大喝「哈！」，接著一聲清脆的響聲便傳了來。

「卡嚓」。

邪靈珠，被生生斬成兩半。

辰渚瞠目結舌。

沉醉吃驚地吹了聲口哨。

而孔美人聽得這聲脆響後，僵硬地轉過頭去，只見地上擺了兩塊像普通石頭一樣的半球體，他不敢置信地望向爾笙。

爾笙還在欣喜地摸著劍，突然間受到眾人矚目，她只覺得渾身都不舒服。

剛想開口問什麼事，孔美人的身影猛地一閃，瞬間便化作一股黑煙消失了，空中只餘他近乎咬牙切齒的聲音——

「小丫頭！妳給我記住！」

爾笙眨著眼，半晌後再沒聽到後文，感到有些奇怪道：「他怎麼話說一半就走了，他是要讓我記住什麼？」

眾人皆滿頭黑線，唯有沉醉哈哈大笑道：「有趣、有趣！小妮子竟然能斬得了邪靈珠！」

爾笙又是一驚。「我什麼時候斬了豬？」

沉醉指了指地上兩塊石頭。「這可不是斬了嗎？」

爾笙的表情忽然變得奇怪。「這隻豬怎麼生得這副模樣？」

眾人聽得她的話，瞬間變得無語。在一陣吵鬧中，並沒有人發現，化為石頭的邪靈珠裡有股奇怪的黑氣倏地冒出，慢慢悠悠地被爾笙吸了進去。

第五章

無方山

無方山師祖輩的仙人一併來了四個，船上的小妖怪嚇得原形畢露，一時間山貓老鼠滿船地亂竄，但四周都是大海，哪容得他們逃跑？

沉醉一喝：「全都給我抱團蹲著！」

眾妖都老老實實地團成團，堆作一堆。

沉醉又道：「你們原來在船上做什麼，現在就去做什麼，把這些孩子都送回臨海城去。行程走得快，就饒你們一命，走得慢了……正巧我缺了幾味泡酒的材料……」

不等他說完，妖怪們盡數化作人形，各司其職去了。

另外三位仙長都是無方山德高望重的人，其中一個是辰渚的師祖寂悟，他在今日這幾人中修為最是高深。

寂悟走到小孩的面前訓了一通話，大意是讓他們回去之後告知自家父母，無方山從不會以收納金銀的方式收徒，且在這十年內都不會再招收弟子，讓他們此後別再被騙了。

爾笙聽得那話，抱著一鱗劍，下垂了腦袋。

這下可好，無方山不收徒，妖怪師父也跑了，她上哪裡去學駕雲尋人之術？

辰渚在那邊見了爾笙的神色，笑得有些討打，卻湊到自家師祖的身邊，恭恭敬敬地說了一番言語，又衝爾笙看了幾眼。

那幾位仙長聽見辰渚的話，都頗為訝異地衝爾笙看來。

寂悟走到爾笙身邊，看了看甲板上靜靜躺著的邪靈珠，手上運出一團靈氣，將兩塊被斬成半圓的石頭抓起來，放在手中掂量一會兒，又上下打量了爾笙一眼，問：「妳這劍是從何處得來的？靈力又如何練得？」

「劍是夫君給的，你說的這個什麼力，大致也是夫君教的。」

寂悟小小吃了一驚。「夫君？」

爾笙點頭。

寂悟沉吟了一番。「我見妳天資聰穎，有難得的仙緣，本想將妳帶回無方山交給師尊看看，興許能破例讓妳拜入無方山門下，但妳既已成家室……」

爾笙聽了他前半段話，眼眸越來越亮，但是聽到後面，又隨之黯淡下去。

「哎。」沉醉忽然插了話進來，他吊兒郎當地抱著手，倚著圍欄站著，笑望爾笙。「既然師兄不肯要這丫頭，我便將她收了可好？」

寂悟一聽他說話便皺了眉。「她的夫君既能贈出如此一把劍，想來修為更在你我之上，又何以輪得到你我來教她？」

爾笙趕緊將話頭插進去。「我夫君現在已經教不了我了，他不知道去了哪裡，我修仙就是為了去找他。」

沉醉攤手。「看來我還是能教教她的。」

寂悟瞪了沉醉一眼。「師弟不可玩笑，她既然已成了親，怎能再拜入我無方山門下。」

「為什麼不行？」沉醉有個毛病，一和他一眾師兄說話便犯睏，他打了個哈欠道：「和尚出家前不也有成親的嗎？休了不就行了。」

寂悟微怒：「你！」

「不行！」出人意料的，爾笙竟然先跳起來。「如果要長淵休了我，我還是不拜你這個師了！」

沉醉眨巴眨巴眼睛，散去眼裡因為打哈欠擠出來的溼意，有些莫名地撓了撓頭。「這怎麼就炸毛了？我不就打個比方嗎？小丫頭，不用妳相公休了妳，妳可願拜入我的門下？」

爾笙雙膝一跪，叩首大拜。「師父在上！受徒弟一拜！」說著「砰砰砰」地磕了三個十分乾脆的響頭。

爾笙在這之前便從老乞丐那裡詢問了無數拜師的禮節，怎麼做、說什麼話、用什麼語氣，所以這三個響頭磕得規規矩矩，全然不失禮數，而速度又快得讓在場之人都沒有反應過來。

等爾笙亮著眼望了沉醉許久，沉醉才哈哈大笑。「好徒弟、好徒弟！」

站在後面的兩位仙長之一站出來道：「師弟，此舉怕是不妥。一來此女來路不明，身中氣息甚為古怪，二來師尊……」

「師父那裡我自會去與他說明的。」

他們還要勸，沉醉忽然擺出一臉淒涼憂傷的神色。

「多年來，我門下也就只有霽靈一個徒弟，偏偏還是個半點不討喜的冰塊臉，常常擺臉色給我看不說，偶爾言詞上還對我有所冒犯。各位師兄……哈啊……」他打了個哈欠，繼續道：「有所不知，其實阿醉我早已想再討一個徒弟，奈何無方山之中對我有偏見的人實在太多，小輩都不大待見我，這個想法便一直落了空。如今，我好不容易有個中意的徒弟了，師兄你們做此舉，意欲為何啊！」

三位仙長被他這番搶白氣得面色青白，哼哼了好久，終是留下一句「隨你」，便帶著辰渚駕雲走了。

辰渚走之前尚有點失神，爾笙反應倒是快，衝著他大吼：「以後記得叫我師叔啊！」因為她尚記得，辰渚喚霽靈便是喚師叔。

沉醉也在一旁閒閒地衝他的師兄們揮手致別。「我送完這些孩子便回無方山。」

待空中瞧不見他們的影子了，爾笙才收回眼來，乖乖地望著沉醉。

「小丫頭。」沉醉依舊望著海天相接的地方，他問：「叫什麼名字？」

「爾笙。」

「唔，名字不錯。」

爾笙等了會兒，見他沒了下文，感到奇怪道：「師父不給我取個法號嗎？」

「法號？」沉醉好笑地看了爾笙一眼，隨即道：「名字這個東西不過是個稱謂，取什麼都無所謂，不過妳既用如此期冀的眼光望我，我便承妳所願，為妳取個法號吧。」他想了想。「唔，小耳朵這名不錯。妳以後可得乖乖聽我的話才是。記住了嗎？」

爾笙認真地點頭：「記住了！」

「可千萬別學成妳師姊那樣啊。」沉醉若有所思地感慨。

爾笙依舊乖乖點頭。

「小耳朵。」沉醉突然正色問：「若是修仙便是為了尋妳相公，若是有朝一日，妳發現即便是修為高深，也依舊不能達成妳所期望的事，妳又待如何？」

「是說學了法術也可能找不到長淵嗎？」爾笙想了想道：「那就再想其他法子找吧，反正這輩子我總是要找到他的。」

沉醉一聲輕笑，帶了兩分嘲諷。「還真是個小孩。人生哪會事事盡如妳意，若說能全然照著自己意想所活的，怕只有那九重天上的司命星君罷了。」

爾笙側著腦袋想了想，她怎麼覺得師父這話說得大錯特錯呢……

船行至臨海城，讓孩子們各自回了家去，沉醉大手一揮，將船上所有的妖怪都裝進了腰間別著的酒壺裡。

爾笙狠狠驚了一番。「師父不是說要放過他們嗎？」

「唔，我是覺著這船開得太慢罷了。我御劍只需一天便能走個來回的路程，他們竟然走了這麼久，實在令為師失望啊。」

爾笙張了張嘴，又不知道該說些什麼，只嘆妖怪們運氣不好……

沉醉收了妖怪便抱著酒壺要去找酒喝，爾笙想去找老乞丐道別，便與沉醉約了個地方碰面後，獨自找老乞丐去了。她走遍了每個老乞丐可能去乞討的地方，都沒看見他，只道他興許是見自己沒有回來，又獨自流浪去了吧。

沒找到人，爾笙其實是有點失落的。她想她現在拜了師，以後衣食不愁了，至少應當把當初老乞丐給她的那些銅板還給他……

爾笙一聲嘆息，轉身離開，轉過頭的時候，看見一抹熟悉的身影正站在她身後，微瞇著眼，緊緊打量著她。爾笙愣了愣，乖乖叫了聲：「師姊。」

來人正是冷面的霽靈，她的髮絲有些凌亂，像是趕了急路過來一般。聽得爾笙這樣喚她，她一挑眉，神色間帶著些許不可思議和不認同的打量。「師妹？」這兩個字說得還有些嘲諷的意味。

可是爾笙又怎麼聽得出那麼多情緒，她咧嘴笑了，大聲地答應。「哎！仙子師姊，咱們真是有緣，我怎麼也沒想到會和妳拜同一個師父。」

霽靈嘴角動了動，忍住情緒。「我也沒想到。」她頓了頓。「師父呢？」

「買酒去了。」

「帶我去找他。」說這話時，她神色已是一片令人寒涼的清冷。

爾笙並不傻，見霽靈這個表情，她約莫猜出來冷面仙子不喜歡自己多了一個師妹。她不知道原因，也沒敢去問，乖乖應了聲，便老老實實在前面帶路。

彼時沉醉正在酒館裡美美地喝著酒，閒來抬眼望了望酒館外面，看見爾笙來了，他揮著手招呼她過來，猛然間瞅見她身後跟著的人，登時臉色大變。他左右瞅了瞅，沒發現可以躲藏的地方，咬了咬牙，仰頭一口將碗裡的酒喝完，剛想把酒罈藏起來，一隻纖長的手便橫插過來，逕自將罈子取走。

霽靈站著，冷眼俯視沉醉。「師父。」

沉醉一聲嘆息，掏了掏耳朵，「又來了、又來了，別唸叨，我可不想聽。」

霽靈站了一會兒，眼眸微微一垂，凌亂的髮絲讓她看起來有些狼狽。默了一會兒，她道：「徒兒有話要說。」

沉醉點了點頭。「我知道、我知道，別喝酒，回無方山，行行，這就走。把妳小師妹帶上，她不會御劍。」

縱使遲鈍如爾笙也看出了霽靈微僵的身形，她撓了撓頭，想：師姊似乎很不喜歡「師妹」這兩字從師父的嘴裡吐出來，可是明明自己什麼事也沒做。

爾笙猶記得當初見到霽靈時，她雖然也是冷著一張臉，可是卻不曾如此不待見自己。

是哪裡惹師姊不高興了？

「為何要收她為徒？」爾笙還在出神，霽靈忽然質問沉醉，聲色雖不嚴厲，卻十分凝重。

沉醉笑了笑。「妳師妹天賦異稟，往後前途不可估量，奈何妳師叔、師伯們皆是副愚昧的脾性，為師秉著惜才之心收之，可有何不妥？」輕柔的語調卻暗含著逼迫。

霽靈呼吸一沉。「徒兒不才，曾於殭屍之難時見過此女夫君，乃是深藏不露之人。此女身世不明，師父何以能輕易將其帶回無方山？」

沉醉淡淡望向霽靈。「妳可是忘了，當初我也是如此將妳帶回無方山的。」

霽靈臉色驀然一白，沒了言語。她握緊手裡的酒罈，指尖用力到泛白，默了半晌，才自緊抿的脣中吐出一字。「好。」言罷，轉身離去。

沉醉根本不去理會她，揮手叫來酒樓跑堂的，又點了一罈酒。

爾笙望了望霽靈的背影，又回頭看了眼一碗一碗豪飲的師父，最後一咬牙，追了出去。「霽靈仙子！霽靈……」

沒人看見沉醉用衣袖擦了擦唇邊滑落的酒，沉了一雙黑眸。

「師姊！」轉過一條巷陌，爾笙瞅見霽靈將手中的酒隨手扔給旁邊的一個乞丐，她忙上去抓住霽靈的衣袖，才開始喘粗氣。

霽靈回頭看她。「何事？」

「我……為什麼討厭我？」爾笙平復了呼吸，望著霽靈，直截了當地問：「上次我們見面的時候，妳可不這樣。」

爾笙心中始終記得霽靈第一次出現在她面前的模樣，把她從殭屍的嘴裡救了下來，強大而驕傲，舉手投足間皆是令人仰望的美。爾笙是敬佩她的，甚至帶了些崇拜，以至於方才霽靈話裡話外的排斥，她也悶著不搭腔。

霽靈揮開她的手。「我不曾說過討厭妳。」

「那為什麼不讓我拜師？」

霽靈張了張唇，一時啞言，過了一會兒才道：「我不過是擔憂無方山……」

「我沒有來歷不明。」爾笙眼眸清明，直勾勾地盯著霽靈解釋：「上次妳救我的那個村子是我的故鄉，我一直生活在那裡。」

「妳夫君……」

爾笙琢磨了一會兒，點頭道：「長淵的來歷確實成謎，但是我要拜入無方山，又不是長淵要拜入無方山，這干他什麼事？而且長淵現在不見了，我拜師就是為了去找他。師姊妳放心，我絕對不會對無方山做什麼壞事的。」

霽靈被這一番搶白嗆得沒了言語，唯有一聲輕咳，繼續往前走。爾笙亦步亦趨，像條尾巴般在後面跟著。

走了兩、三步，霽靈停下來，回頭望了望爾笙，爾笙也眨著眼望著她。霽靈轉過頭又往前走，身後的腳步聲便貼著她一路尾隨。霽靈如是回頭望了爾笙幾次，她都頗有耐性地跟著。

從來沒被人這樣黏的霽靈一時有些不習慣，她皺了皺眉，嚴厲地瞪了爾笙一眼，爾笙依舊眨著眼望她。

又走了幾步，霽靈嚥了口唾沫，終是憋不住問：「妳跟著我做甚？」

爾笙更是感到奇怪道：「師父不是讓妳把我帶上嗎？」她說得理直氣壯。

「我不會御劍，妳背我吧。」

霽靈微妙地瞇起了眼。

爾笙撓了撓頭：「不背嗎？那我回去找師父好了。」

「站住。」霽靈聲音一厲，隨即躬身道：「上來。」

爾笙初到無方仙山之時，被眼前浩瀚的雲海狠狠震懾一番。

她也曾聽過世人對無方山的傳說，立於雲海之巔的仙山，清靈之氣四溢，自開天闢地以來便積聚在此的靈氣令其不受妖魔邪氣侵入。無方山的開山師祖，也就是現今的仙尊創立無方山之後，至今日已收徒千餘名，其中飛昇為仙的也不在少數。

霽靈帶著爾笙回了自家師父住著的院子裡，修仙之人不圖奢侈享受，院子也蓋得很普通，而沉醉住的這個院子更是普通至極。左右一數，一共五間房，一個書房、四間臥房，沉醉一間，霽靈一間，還有兩間富餘。

其實照理說，與沉醉同輩的仙長都應當有個屬於自己的山峰，可供自己潛心修煉，也供弟子們修行切磋。但是沉醉在無方山向來不大受待見，仙尊雖然喜愛這個關門弟子，可又從來不關心這些瑣事：而沉醉左右也只有一個弟子，自己也不愛閉關，對他來說有個喝酒的桌子就夠了；他唯一的徒弟霽靈，脾性淡漠，更是不在意這些，所以師徒二人在此住了十幾年也沒覺得有什麼不好。

至於新人爾笙……

「這……這整個院子都是師父的嗎？都是師父的？」她兩眼冒著光，在院子裡跑過去又跑過來，摸了摸門，又摸了摸窗。「師父這麼了不起啊！」

霽靈面無表情地推開最右邊房間的門。「從今天開始，妳住這裡。這屋子從沒人住過，妳自己打理。那邊有井，自己打水。收拾完了到隔壁來找我，我把被子給妳。」漠然地交代完，她便回了自己的房間，是真的打定主意一點兒忙都不幫。

爾笙卻樂傻了一樣地點頭。

從今天開始，她有一個師姊，有一個師父，還有一個像家一樣的院子。她站在門口，深深吸了一口氣。多好啊，要是長淵也在，那就完美了。

花了一整天的時間，爾笙乖乖地將房間收拾好了，連帶著將院子也收拾一番。

在自己房裡打坐的霽靈透過窗戶看見她的行為，動了動脣，最後什麼也沒說。

傍晚時，沉醉喝得歪歪倒倒地進了院子，左手還拎著一壺酒，右手卻提著油紙包著的燒雞。

「小耳朵。」他瞅見在井邊打水的爾笙，道：「師父給妳帶了吃食回來，吃了這頓，明天我便要教妳辟穀之術了，可就不能再吃東西囉。」

爾笙聽得這話，手一鬆，剛提起來的水桶便又落進井裡，隨即白了一張臉道：「師父……是想餓死我。」她自言自語道：「確實，餓死了是會成仙的沒錯……」

「蠢。」沉醉賞了她一個字，把燒雞扔進她懷裡，換了種通俗的說法。「明天教妳不吃飯也不會餓死的仙術，要不要學？」

爾笙這才放下心來，一邊大口啃著雞，一邊含糊著說：「師父教什麼都學！」

沉醉笑眯了眼。「好好，那師父教妳喝酒吧，酒這個東西呢……」

霽靈輕輕推開房門，冷眼看著沉醉。沉醉摸了摸後腦杓，哈哈笑道：「唔，酒這個東西呢，果然還是獨自喝比較美味啊！」說著，搖搖晃晃回了自己房間。

霽靈提著劍便往外走，爾笙忙喚住她。「師姊這麼晚出去嗎？妳要不要也吃點兒燒雞？」

霽靈本不打算理她，但是忽然又像是想到什麼似的，轉過頭來涼涼道：「妳要是敢在這裡喝酒試試。」威脅完，便轉身離開了。

爾笙叼著雞腿望著霽靈的背影，頗為為難地想，應該聽師姊的話，可是如果師父叫她喝，她也該聽師父的話，那到時候她該怎麼做……

晚上，鑽進暖暖的被窩，爾笙把一鱗劍放在枕邊，自言自語道：「長淵，我學了仙術就去找你，你可一定得等我啊。」

爾笙在無方山的第一天生活就如此過去了。

而後沉醉每日都會抽出時間來教教爾笙修習法術，他教得不大認真，但是爾笙卻學得飛快，一來她體內本來就有靈力，少去積累的過程；二來長淵也教過她一些術法，她的底子早不知比別人高出多少。

於是沉醉在教了她一個月之後，便擺了擺手說休息兩個月，讓她自己練習。

這時，爾笙剛剛學會御劍術，能飛得起來了，就是動作醜得難看。

她整日便唸叨著，以後去救長淵的時候，一定用像仙子一樣的姿態飛到他面前，然後美麗地落到他懷裡……去蹭一蹭。

這日，爾笙御著一鱗劍，才在劍身上站穩，唸出了御劍的口訣，一鱗劍忽然像瘋了一樣騰空而起，帶著爾笙逕直往無方後山飛去。

爾笙登時慌了，可是怎麼也沒法讓一鱗劍停下來。她聽沉醉唸叨過好多次，後山是禁地，又無趣又危險，回來之後還會被打板子。所以爾笙即便是對那個禁地很好奇，也沒敢跑去溜一溜。

她自空中一路驚慌地飛過，在雲海之中拉過一條優美的曲線直直扎向無方後山。下方的無方山弟子不知那是何物，但都看出來那是衝著後山禁地而去，一時有些慌亂。許多修行較高的弟子跟著追去，奈何那速度太快，眨眼間便消失了蹤影，不知落到後山哪裡。

爾笙自然不知道她引起多大的騷亂，現在她全部注意力都在一鱗劍上，嘴裡一遍又一遍唸著御劍口訣，等她感覺一鱗劍的速度逐漸慢下來，睜眼一看，眼前已是泥黃的地面。

「啊！」一鱗劍狠狠插入地裡，爾笙逕直往前摔去，啃了一嘴的泥，在地上滾了許多圈終是停了下來。

歇了許久，她才堪堪掙扎著爬起來，站起來的第一件事便是去摸自己的門牙，感覺它還好好地長著，她才鬆了一口氣。揉了揉摔得疼痛的手腕，她一步一步往回走。

這下子回去鐵定得挨板子了。爾笙想，不僅跑到後山來了，還弄髒了一身漂亮的道袍。

一鱗劍深深地沒入土中，只留了一個劍柄在外。爾笙還在頭疼要怎麼將劍拔出來，忽聞頭頂上的樹葉在沙沙作響，爾笙下意識抬頭一望，一個漆黑的物體冰涼地砸了她一臉。

爾笙不知那是何物，一聲驚呼，連連退了兩步，定睛一看，才發現那竟是一個團作一團的漆黑條狀物體，粗細和人的拇指一樣，長短只有手臂那麼長。

爾笙盯著牠琢磨許久，終於確定了牠的身分。「蛇？」

地上的黑蛇聽得這聲呼喚，抬起了頭，金色的眼睛裡帶著點兒萬分欣喜的意味，急急向爾笙腳邊爬過來。

「呔！」爾笙指著牠一聲大喝，當即便把小黑蛇嚇得怔住。「小東西竟妄想吃我，看我不收拾你！」隨即撿了根粗木棍，精準地砸在蛇頭上，逕自將牠的腦袋砸在土裡，壓得死緊，任牠身子使盡萬般能耐地扭動，也沒能將頭上的木頭頂開。

掙扎了一會兒，牠像是絕望了，癱軟了身子，俯在那處一動不動。

爾笙另外撿了根細樹枝，上前挑了挑牠軟軟的尾巴，見牠沒動，估計著是被自己砸死了。她欣喜地搬開木頭，心道待會兒可以在此處烤蛇肉來吃。雖然現在她不吃東西也不大會餓，但是有得便宜吃總是好的。

待爾笙捏著蛇頭將牠拉起來時，卻見著那雙金色的眼依舊精神地睜著，很是哀怨地望著她。

爾笙嚇了一跳，但見此蛇並沒有對她表現出攻擊的模樣，便忍住扔開牠的衝動，摸著牠上下打量。「這仙山上的蛇與下面的蛇都不一樣，如此禁得打。」

小黑蛇下垂著腦袋，很是沮喪。

爾笙摸了一陣子，微微蹙了眉。「仔細看來，你倒是不大像普通的蛇。」

聽聞這話，小黑蛇又重新仰起腦袋，扭著身子，纏上爾笙的手腕，很是殷勤地蹭了蹭她腕間那串取不下來的鈴鐺。

鈴聲「叮鈴叮鈴」地清脆響起來。

爾笙驚訝地瞪大眼，這個鈴鐺被那個叫做「添弟」的怪人扣上之後就再也沒法取下來，長淵離開之後，任爾笙如何蹦躂，它也不曾發出過什麼聲響，以至於爾笙都快忘了它的存在，而今日卻被一條蛇碰出了動靜……

她粗魯地捏著小黑蛇的頭。「說！你是不是和那個啥添弟有什麼關係？你是不是他哥哥！」

黑蛇聞言，傻了好一陣子。

「不對，添弟看起來挺厲害的，怎麼會有個連我都打不過的親戚。」爾笙又瞇著眼打量他一陣子。「難道，你是長淵的親戚？唔，看模樣著實像，但怎生如此沒用？」

小黑蛇垂著腦袋，默不作聲地沿著爾笙的手臂，往她袖子裡爬，一番不想讓她看見自己臉的動作。

爾笙卻被牠的行為驚了驚，拈著牠的尾巴，又將牠拖出來。「小黑，雖說你像是長淵的親戚，按理說我該替夫君照看著你，但你卻與長淵相去太遠，指不定哪天獸性大發咬我一口，那該如何是好？我今日還是先將你的牙卸了。」

說著便掰開牠的嘴，將靈力凝於指尖，爾笙道：「小黑，忍忍就好。」

黑蛇眼中的哀怨之色越發重了，看見逐步逼近自己的手指，牠半點也沒掙扎，近乎無望地盯著爾笙。

然而，到了最後，爾笙卻還是收了手，她鬆開蛇頭，嘆息道：「我琢磨著這樣卸了你的牙似乎不大道德，沒牙齒的苦我也吃過，左右你現在又沒有咬人……我還是不拔了。」

小黑蛇不發一言地爬進爾笙的衣袖裡，乖乖地纏著她的手臂，不動了。

爾笙頗為滄桑地感慨。「我這麼心善，以後若獨自一人行走江湖該如何是好？」

「妳這麼讓人操心，以後要怎麼獨自一人行走江湖啊。」身後響起一個更為感慨的聲音，爾笙回頭一望，見沉醉駕著雲，輕飄飄地落到自己身邊，她這才恍然間記起自己所在的地方，乖乖垂頭認錯。

「師父，我真不是有意跑這裡來的。」

「唔，摔成這副德行，我瞅著也不像是妳自己要來的。」沉醉看了看插在地上的一鱗劍，很是無奈地嘆了聲氣。「為師雖是這樣說，但妳師叔、師伯們可不會便宜了妳。妳可知自己引起了多大的騷動？」

「會……會挨板子嗎？」

「少不了了。」沉醉道：「快多抹幾把泥到臉上，把自己弄得狼狽可憐一些，等會兒到了殿上受審，妳師叔、師伯們說什麼就是什麼，骨氣什麼的暫時先放一放，乖乖跪著哭一場認認錯，他們訓得高興了，興許妳便能少挨十幾個板子。」

爾笙聽話地點頭，一邊往自己臉上敷泥，一邊問：「師父您似乎很了解流程？」

沉醉放眼遠望著天空。「為師也曾年輕過。」

見爾笙把自己打理得差不多了，沉醉抓了她要走，爾笙卻又掙扎著跑過去拔一鱗劍，折騰了一會兒，才將劍拔出來。沉醉瞅了一眼一鱗劍，心中只覺得今天這劍的氣勢似乎比往日更駭人了些。他沒多想什麼，提了爾笙，便往無方山的言歸殿而去。

在爾笙被抓去受罰之時，茫茫蒼穹的九重天上，正亂作一團。

天帝重傷歸來，胸膛被不知什麼妖物的爪子穿了個透心涼，若是尋常神仙早已入冥府轉世去了。天帝雖保住了命，可卻昏迷不醒，興許幾月都要躺在床上調養而過。

眾神皆是惶然，不知是何等妖物如此厲害。連著召開了幾個會議，共商妖物犯上的應對之法。

戰神陌溪自是此等會議中必不可少的角色，但是會議開了兩次，眾神再來請他，他說什麼也不去了。

「除了破開萬天之墟的那條龍，誰還能將他傷作那樣。」陌溪抿了口茶，任由妻子三生在他身上蹭過去、蹭過來地擺姿勢翻看話本子。「不過恪守紀律的天帝竟會私自下界，我倒是沒料到。」

「唔。」三生翻過一頁，心不在焉地應了一聲，像是想到什麼，三生忽然坐正身子。「這龍才逃了沒有多久，天帝便不守紀律地屁顛屁顛追過去，莫不是……他倆在遠遠的上古有過什麼難以言喻的……基情？」

陌溪笑道：「這我可不知。不過那神龍被關入萬天之墟時，天帝還沒降生於世，這我倒是清楚的。」

三生可惜的一聲長嘆。「若不是在位神仙的命格由天定，我真想幫天帝改上幾筆。陌溪，你瞅瞅他是不是活得太正經無趣了。」

「妳不是已經幫他改了嗎？」

「什麼時候？」

「司命。」

「司命？」

「依著妳方才的邏輯，我覺著天帝與其說是為了捉那條黑龍而私下凡界，不如說是為了司命。」陌溪淡淡道：「說到此事，三生，妳且道與我聽聽，司命下界後的命格，妳打算如何安排？」

三生怔愣了好一會兒。「司命下界了？她不是前不久才醉醒過來嗎？」

陌溪也有些怔然。「妳不知？」

「不知，我從未寫過司命的命格。」夫妻倆無言對望了一會兒，三生問：「沒人批命格，神仙不能轉世為人，她是怎麼轉的？」

陌溪苦笑。「我也想如此問。」

無方山，言歸殿。

望了眼在臺上站了一排的師叔伯，又瞅了眼在殿兩旁列了幾行的無方山弟子，爾笙心中有些虛。

她無助地抬頭向身邊的沉醉求救，然而沉醉只是向他的師兄們點了個頭，便也走上那方高臺，站在爾笙的對面。見沒人幫得了自己，她便老老實實地垂了腦袋。

「跪下！」主持這場訓誡的正是上次在海上所見的辰渚的師祖，寂悟，他肅著一張臉，嚴厲地俯視爾笙。

師父說，師叔伯們說什麼就是什麼，骨氣先放在一邊。爾笙想著沉醉的話，「撲通」一聲，乾脆俐落地跪下去。她仍舊老老實實地垂著頭，但是纏在她手臂上的小黑蛇卻有些躁動起來。爾笙忙抖了抖手臂，清脆的鈴音響了兩聲，黑蛇像是通曉她心意一般，便也安靜下去。

寂悟冷聲詢問：「何以私自闖入禁地？」

爾笙這才抬起花貓一樣的臉，可憐兮兮地望著寂悟：「我……弟子修習御劍術的時候，未能將劍控制好……」

「御劍術？」寂悟蹙眉。「妳才入門不到兩月，何以能修御劍之術？」

爾笙無奈地嘆氣，嘟囔：「所以才沒修好啊……」

在場的都是什麼人，哪裡會聽不到她這聲嘆息，沉醉剛勾了脣角想笑，寂悟便神色嚴厲地訓斥：「沉醉，基礎不牢，你為何要教授她御劍術？」

沉醉不由得暗自打了個哈欠，見自家師兄動了真怒，才忙輕咳一聲，正色道：「師兄有所不知，爾笙天賦異稟，領悟能力極強，且在拜入我門下之前便已有了相當可觀的靈力積累，是以阿醉在教授她基礎的辟穀與吐息之法後，見她領悟得好，這才教了御劍術。」

「領悟得好？」寂悟一聲冷笑。「著實領悟得好，御劍一飛，便逕直闖入了禁地之中，尋常弟子若要進去，卻怕是不那麼容易的。」

沉醉撇了撇嘴，沒有搭腔。

「爾笙。」寂悟沉聲喚她。「妳拜入我無方山，至今身分不明，而又身懷古怪靈力，現今私闖無方山禁地，我若驅逐妳，妳可有話說？」

「師兄……」沉醉剛開口，便被寂悟止住。

爾笙睜著眼望了寂悟一會兒，隨即撓了撓頭，一臉老實地說：「聽起來，我像是不該有什麼話說。」

沉醉扶額。

寂悟點了點頭。「念在妳並無惡念，且確實天資聰慧，無方山便暫不逐妳出門。」爾笙臉上燦爛的笑還沒來得及展開，寂悟話鋒一轉。「但是，妳隨身攜帶的那柄劍卻要交予無方山陳兵閣保管。此物靈氣過重，妳初入修仙之道，尚不能駕馭此劍，此時拿著它，於妳有害無利。想必此次騷亂便是妳不能駕馭此劍造成的……」

「要拿走一鱗劍嗎？」爾笙打斷寂悟的話，盯著他問。

寂悟被她的態度刺得眉目一皺，但仍是耐著性子道：「並非拿走，而是暫為保管。」

「不給。」

大殿內一時有些躁動，眾人皆抬眼打量爾笙，不知她的態度為何突然強硬起來。

寂悟臉色一沉，唬道：「若是如此，妳便下山去吧。無方山供不起妳。」

見少挨板子的事似乎談崩了，爾笙拍了拍膝蓋，自顧自地站起來，不卑不亢地望著寂悟。於她而言，她只是用平等的眼神在看寂悟，然而於此時的眾修仙者而言，爾笙直望寂悟的眼神便是一種隱形的挑釁，大逆不道……

膽肥了……沉醉如是想。

爾笙挺直背脊道：「我師父不是你，為什麼你要趕我下山？」

寂悟氣得一臉青白。「沉醉，你來說，你說我能不能把這孽障趕下山？」

沉醉揉了揉額頭。「師兄，那劍是我那徒兒失蹤的丈夫留給她的信物，於她而言，意義自然不一般。想來此時她定是不曾領會到你話裡的意思，且讓我去勸她一勸。」

爾笙聽了這話，臉色大變。「師父！您是叛徒！」

眾人一片譁然。沉醉危險地瞇了瞇眼，咬牙道：「小耳朵？」

「沒得商量！」爾笙大聲道：「什麼事都可以聽師父的，就是這事不行！我學仙術只是為了找我夫君，如果你們非要拿走我的一鱗劍，我情願自己離開無方山，不拜你們這個師了！」

此時都情緒激動的眾人，沒有誰聽見了爾笙腕間輕響不停的鈴鐺。

寂悟扯著嘴角，皮笑肉不笑道：「看看你招回來的好徒弟！」

沉醉很是頭痛，忽然有種養了孩子後才知道小時候的自己有多可惡的感覺……

爾笙吼完這話，心道，左右她現在御劍的心法也學了，以後再抽時間練練就好，實在沒有必要再待在無方山。此念一起，她拔了腿便往門外跑。

沒人料到她說走還就真的走了。

寂悟氣得渾身顫抖，沉醉也怒火上頭。

淡定了這麼多年，倒還是第一次有人把他氣得面紅脖子粗，全然失了瀟灑。

「妳給我站住！」

爾笙雖不情願，仍還是聽了話，站在門邊，梗著脖子、噘著嘴，半是委屈、半是氣憤地看了沉醉一眼。

「無方山是妳說走就走、說來就來的地方？師父是妳說拜就拜、說甩就甩的衣裳？」沉醉怒道：「今天衝著妳方才那句話，我便要賞妳十個板子！責杖拿來，我親自打！」

爾笙見沉醉真生了氣，沒出息地一哆嗦，一時軟了腿。

她抱緊一鱗劍，頗為委屈道：「我怎麼錯了？你們要搶我東西，我還雙手奉上不成？你們說要趕我走，我自己走還不行嗎？憑什麼現在還要揍我？」

對，妳不該挨板子。

爾笙說完那話，心裡突然竄出一個從未聽見過的聲音，其聲陰沉，聽不出男女，讓爾笙心頭一陣發毛。

那聲音又道：一群道貌岸然的修仙者，他們有什麼資格指責妳？

爾笙一驚，往後退了兩步。

而在臺上拿了責杖的沉醉以為爾笙嚇得要跑，一個閃身便攔住她。

「把她給我抬到凳子上去。」沉醉如此吩咐，旁邊立時有兩個人要來捉住爾笙。

兩人一左一右，爾笙心中想躲，但不知為何卻突然出手一掌拍在其中一個人的肩頭，力道不大，但足以讓那人摔在地上，半天也沒起得來。

爾笙驚駭地看著手掌，有些慌亂地望著被自己打了的人。「對不起……我不知道自己怎麼出手……」

然而她解釋的聲音卻淹沒在一片片指責的浪潮中，四周的修仙弟子們皆蹙眉盯著她，臺上的師叔伯們都是一副憤慨的模樣，不少人在罵她孽障。

沉醉見她出手傷人，一時也動了大怒，冷了臉色道：「我教妳法術，竟是讓妳來打傷同門的嗎？」

爾笙不知該如何解釋，正無措之時，一鱗劍忽然微微閃出一抹藍色的光，她心裡的不安與躁動一時也慢慢平靜下來。

小黑蛇自爾笙的衣袖裡悄悄探出頭，金色的眼眸靜靜望了她一下。像是得到安慰一般，知道還有人與自己是站在一起的，爾笙舒了一口氣，再看周圍的仙人們，她忽然覺得此時的他們都有些反應過度了。

素日裡，她從不曾見過哪個修仙者氣青了一張臉與誰說話，而今日，在這大殿之中，眾人的表現竟浮躁得像是江湖上的莽漢，或是整日與人掐架的潑婦。躁動……

爾笙正想著，忽覺渾身一緊，低頭一看，才發現自己已被一條金色的繩子捆了個結實。

寂悟在臺上輕言道：「此等孽徒，心術不正，不聽教誨反而出手傷人，今日，我便代無方山施以懲治。」

綁住爾笙的繩子寸寸縮緊，像是要就此揉碎她的骨頭，爾笙忍不住難受地痛呼出聲。

沉醉好似恍然驚醒，臉色大變。「師兄不可……」

話音未落，一鱗劍卻似活了一般，藍光大盛，「刷」的一聲輕響，將縛住爾笙的金色繩索盡數斬斷。爾笙有些脫力地摔在地上，呆呆地看著自己飄浮起來的一鱗劍。

它立在爾笙身前，隨後慢慢抬起劍尖直指臺上的寂悟，此等姿態，對爾笙來說保護的意味十足，而對寂悟來說便是十分的蔑視與挑釁。

殿中嘈雜之聲更甚，眾人皆道此劍妖異。寂悟瞇起眼，殺氣頓時瀰漫，一人一劍竟形成劍拔弩張之勢。

適時，一道清明之氣自殿外蕩進，言歸殿的大門「吱呀」一聲被緩緩推開，屋外炙白的日光灑進，隱隱映出一個廣袖大袍的人影。

沉醉微微一怔，隨即單膝跪下，恭敬喚道：「師尊。」

隨著他這一聲喚，殿中的無方山弟子盡數跪下，臺上的眾長老也都是一怔，接著全走下高臺，恭敬地跪地行禮。「師尊。」

來者正是無方仙尊，他廣袖一揮，殿中的濁氣登時飛散。「愧修仙道，區區邪氣竟能擾了爾等清明之心。」

眾人皆愣，回神一省，才發現自己方才的舉動確有異樣，忙低頭吟誦靜心咒以驅逐潛伏入心的渾濁之氣。

唯有爾笙依舊坐在地上，呆呆地望著無方仙尊。

她想，大家都「仙尊、仙尊」地喚著，都做仙尊的人了，應當一大把年紀了才是，怎麼看起來竟比師父還要年輕一些呢？

一鱗劍悄然落下，乖乖地貼回爾笙手邊。

銀白的長髮如瀑，拖曳在地。爾笙摸了摸自己的腦袋，務實地想，這麼長的頭髮，不重嗎？還穿這麼長的衣服，看起來漂亮又飄逸沒錯，可是要是踩到了衣角，那得摔得多難看啊。

仙尊面色清冷地掃了爾笙一眼，爾笙嚇了一跳，忙捂住嘴，以為是自己不小心將心裡想的都說出去了。

他緩步走過爾笙身邊，站到那方高臺之上，眾人皆站起身來，爾笙依舊坐在地上。

沉醉上前，恨鐵不成鋼地拍了一下她的腦袋。

爾笙一驚，這才忙爬了起來，一身灰溜溜的衣裳搭著一張髒兮兮的臉，在大殿中顯得無比突兀。

「小徒爾笙。」仙尊輕喚。

爾笙直直地望著仙尊，一臉純潔無辜地說：「方才寂悟師叔說要逐了我，我現在還是無方山弟子嗎？」

沒料到她此時竟會告起狀來，寂悟恨恨地瞪了爾笙一眼，卻又不敢發作，一個勁地在肚子裡唸著靜心咒。

仙尊淡淡看了寂悟一眼，道：「既已入我無方山之門，便無輕易驅逐的道理。」

爾笙便望著寂悟，得意地笑起來。

仙尊又道：「但既是無方山弟子，便要謹遵無方山門規，私闖後山禁地之錯妳可認？」

爾笙心想，禁地雖然不是她有意要去闖的，卻是因為她控制不住一鱗劍所致，也算是她的錯，於是她老實點頭。「我認。」

「既有錯，自然有責罰……」

爾笙有些著急地想澄清自己。「挨板子沒有問題，我願意受罰，但是師叔說要拿走我的劍，我這才不幹的。」

仙尊稍一沉默後，又道：「此劍有靈，極為護主，寂悟此舉魯莽了。」

寂悟上前一步，鞠躬認錯：「是弟子思慮不周。」

仙尊擺了擺手，又問爾笙：「邪靈珠可是妳斬的？」

爾笙點頭。

仙尊沉吟道：「如此，便是其間邪氣入了妳的身，以致影響了在場眾人，才致使眾弟子心浮氣躁，擾了無方山清明。」

聽罷這話，眾人皆驚嘆地望向爾笙。

大家都知道，邪靈珠是上古邪物，數百年前曾被墮仙長安拋入無際大海之中，再無蹤跡。直至前月被寂悟等人帶回，卻已失了邪氣，是一副殘破的模樣，而今被鎮在無方玉塔之下；大家也沒想到，把邪靈珠斬了的，竟會是一個連御劍術都掌握不好的丫頭！

爾笙關注的點可不在誰斬了邪靈珠上，她有些著急地問：「也就是說……也就是說豬……進了我的肚子裡？」

仙尊見她一副怕極了的模樣，沉靜道：「無須害怕，此邪氣尚不成熟，只能在妳心生不善之念時才會出現。而今，便罰妳去思過谷思過三月，以清身中邪氣。」

爾笙呆呆地摸著自己的肚子，什麼反應也沒有。

最後還是沉醉將她的頭摁下去，道：「謝師尊輕罰。」

他將爾笙帶到思過谷之時，爾笙才恍然驚醒一般，苦著一張臉問他：「師父，我、豬到了肚子裡……我是不是要死了？」

沉醉脣角微微一抽。「妳命大著呢，死不了。」

「可是……」爾笙怕得落下淚來。「可是我不記得我煮過那豬的肉啊，牠活生生地跑到我肚子裡……活生生的啊！多噁心……」

沉醉扶額長嘆：「傻徒弟啊傻徒弟。」

第六章

思過

思過谷位於無方山一處偏僻的山坳之中，谷中地勢極偏，難見日月，而自成一番氣候。冬日無雪，春秋無風，谷中長的皆是長青樹。

爾笙在此地過了四、五天，才知道仙尊對她的責罰確實是極輕的。這山谷裡除了沒有人能與她說話，其實與在外面的差別並不大。當然，有這樣的想法也是因為爾笙靜下心來誠心修煉的結果。自她知道自己肚子裡裝了一頭活豬之後，每天便老老實實地打坐，凝神聚氣，等著三月之後出谷，徹底將那什麼邪氣排出去。

她雖然喜歡吃蟲子，可是卻不愛吃生豬肉的。

而提到她在谷中的生活，便不得不提到與她一起進入谷中的小黑蛇。

爾笙靜心修煉的時候，小黑蛇也在靜心修煉；爾笙耐不住寂寞想要玩的時候，小黑蛇仍舊在修煉。

她看得出來，這條蛇一點兒也不簡單。爾笙心道這雖是長淵的親戚，但也保不住牠有朝一日會突然有了想要吃掉她的念頭。在這山谷中，只有她一人與這蛇相處，就算她死在這裡了，也沒有幾個人知道。

她必須得防著牠。

所以在爾笙想玩的時候，她也不讓人家修煉，撿了木棍便指著黑蛇的尾巴打，直敲得黑蛇無奈地抬頭望她，她才心滿意足地扔了棍子，像個霸王一樣命令道：「陪我玩。」

小黑蛇便帶著點兒委屈地望著她。

爾笙將一鱗劍握在手中，又撿了根小木棍給小黑蛇，讓牠用尾巴把木頭捲著與她對招。她的本意是讓小黑蛇認識到兩人實力的差距，令此蛇不敢輕易招惹她。

然而萬萬沒想到的是，兩招過下來，爾笙手中的一鱗劍竟被蛇尾巴捲著小木棍挑了出去，飛得老遠，直直插入土中。

爾笙呆了又呆，望著小黑蛇，一時竟覺得此蛇眼中有刺眼的笑意。她意識到自己丟大面子，怒極而起，凝氣於掌便向小黑蛇打去。小黑蛇尾巴一動，木棍以一個奇異的角度飛出去，擊打在爾笙的腳踝處。她只覺腳踝微微一麻，雙腿立馬軟了，一頭摔在地上，跌了滿臉的泥。

小黑蛇在原地頗為得意地搖了搖尾巴，但見爾笙久久地趴在那處沒動，以為是自己沒拿捏穩力道，真的傷了她，這才行至爾笙腦袋前面。

「哎……丟死人了，修了這麼久的法術，卻連條蛇也打不過。」

他聽得爾笙如此埋頭長嘆，心道：妳才修了這麼點兒時候，打不過我是應該的，若是打得過了，我便是真真丟人了。

爾笙接著埋頭抱怨自己。「這樣怎麼去救長淵吶。」

小黑蛇一時便心軟了，看了爾笙的頭頂好一陣子，才探出頭，用嘴碰了碰她的腦袋。爾笙一臉頹然地抬起頭來，小黑蛇又蹭了蹭爾笙的額頭，像是在安慰，又像是在撒嬌。

「你幹麼？」爾笙感到奇怪地一巴掌拍開他腦袋。

小黑蛇也不介意她粗魯的舉動，轉過頭來，依舊定定地望著她。爾笙的黑眸清澈無半分塵埃沾染，小黑蛇的尾巴忍不住微微一翹，像是忍不住心癢，他猛地一口咬在爾笙的嘴上。

這出其不意的一下將爾笙咬得呆住，她雙眼睜得極大，半天才反應過來。「草！」她一手拉住蛇身，硬生生地將其從自己嘴上拖下來。

小黑蛇本咬著她的嘴不想放，最後是怕真的咬傷了爾笙，才不滿足地鬆了嘴。

爾笙摸著嘴，已經被咬得滲出了血絲，她怒瞪著小黑蛇；而小黑蛇卻像是很羞澀一般掃了爾笙一眼，迅速地扭開腦袋，卻憋不住想看她的念頭，又悄悄地轉過頭來。

爾笙氣得將他狠狠扔在地上，罵道：「小黑！你果然是個居心叵測的壞蛇！我就知道，你是想吃了我的！」小黑蛇忙搖頭想表明自己的清白，爾笙氣道：「你別以為你不認帳，我就不知道你的心思。」

見爾笙聲色俱厲，小黑蛇越發想澄清自己，然而爾笙既然認定了他是居心叵測的，哪還會讓他靠近自己。她一邊往後退，一邊大叫：「不准過來！你別靠近我！」

小黑蛇跟著追了兩步，見爾笙躲得厲害，有些傷心失望地垂了腦袋。他想，她明明說過「和喜歡的人可以互相咬一咬」這樣的話，明明這樣說過……是因為不喜歡了嗎……

爾笙警惕地望著一動不動的小黑蛇，躲到一塊石頭背後，想了想，又撿了塊石頭捏在手裡。「你再敢咬我，我就揍你！走遠點兒！」

小黑蛇沒看爾笙，聽了這話，下垂著腦袋，還真就轉身慢慢爬遠了，窸窸窣窣地進了草叢中沒再出來。

接下來的幾月，爾笙便真的沒再見著小黑蛇的身影。她也想過是不是自己做得過分了一點兒，再如何說，那也算是長淵的親戚……可自己的命橫豎也就一條，可不能用這個來賭，過分就過分一點兒吧。

在思過谷獨自思過的時間，便如此平靜無波地度過了。

霽靈來接爾笙時，小小地詫異一番，一是訝異於爾笙增長迅速的靈力，二是驚嘆於爾笙的精神勁……

「師姊、師姊！」爾笙蹦蹦跳跳地跑到她身邊。「來接我回家嗎？」

「家」這個字眼有點小小地刺激到霽靈，她眉頭微微一皺，掃了爾笙一眼，淡漠道：「思過三月，竟半分未有悔改之意。」

「我改了啊，我知道以後不能亂殺豬，也不能御劍亂飛了，師姊，我們回家吧。」

霽靈的眉頭又皺了一皺，卻也不知該如何挑刺，一揮衣袖，冷冷道：「自行御劍。」

三月時間哪裡足夠讓人熟練掌握御劍之術，霽靈本意是想看爾笙出出醜，隨後可憐兮兮地來求她；但沒想到爾笙聽了她這話，高興地答應一聲，便難看地爬上一鱗劍。

出乎意料的是，她姿勢雖然難看，但劍卻駕馭得極為穩當。

「師姊，走吧。」

霽靈挑了挑眉，不由得半是酸、半是感慨地小聲讚道：「確有天資。」

爾笙在谷中待了這麼久，日日防備著小黑蛇的偷襲，耳目早已練得靈敏，聽得霽靈這聲嘆，立即大笑道：「那是，也不看看我是誰的師妹！」言罷，御劍一飛，直上雲霄。

霽靈望著爾笙的背影，輕輕一聲冷哼，嘴角卻不由自主地揚起來。「拍馬屁。」隨即身形一轉，微風騰起，眨眼便倏地消失在原地。

兩人走後，思過谷中寂靜一片，不一會兒，叢生的樹林深草之中窸窸窣窣一陣響，但很快山谷又歸於沉靜……

回到久別的小院子，爾笙高興地四處蹦躂。

今日沉醉出了門不在，爾笙便一邊蹦躂著收拾自己的房間，一邊左一個「師姊，今天天氣好」，右一個「師姊，暖風吹得好舒服」地喚，直喚得霽靈不耐煩透了，一個咒語一唸，逕自將整個院子都打掃乾淨，喝道：「安心修煉，休要多言。」

爾笙驚嘆地望著瞬間被洗得乾淨的屋子，又厚著臉皮上前拽著霽靈，纏著要學這個法術。霽靈不理會她，她便像條尾巴一樣跟著轉。

霽靈是個冷淡的性子，素日裡為人又嚴肅，別說低一輩的弟子，就是她的師兄、師姊看見她，心裡也是有些畏懼的，哪有人會像爾笙一樣，全然不要臉皮地纏著她。

被爾笙攪和得完全沒法靜下心來修煉，霽靈索性將法術口訣寫在紙上，扔給爾笙，讓她自己去練習。

哪想爾笙拿著那張紙瞅了半天，又屁顛屁顛地跑回來，一個字、一個字地問。霽靈無奈，嫌棄道：「生得一副聰明的樣子，怎麼大字不識一個？」

「我識字！」爾笙澄清自己，拿起霽靈桌上的筆便認認真真地將「長淵爾笙」四字寫下。「看，我還會寫。」

霽靈嘆息：「就會四個字有什麼好炫耀的。」腦中突然轉過一個念頭，霽靈輕咳一聲道：「無方山有專供年紀小的弟子學字讀書的書院，妳可想去？」

爾笙眼睛一亮。「我可以去嗎？」

「自是可以，不過去了就得一整天待在那處，夫子是很嚴厲的。」

「我想去。」

「嗯，如此我便幫妳打點一下，明日妳便去書院讀書吧。」

爾笙高興地跳起來，撲上前去抱著霽靈的手臂，一邊撒嬌地蹭，一邊誇道：「師姊真好，師姊真好。」

霽靈十分不習慣與別人這樣親密的身體接觸，側過身子，推開了爾笙的手。「我要靜心打會兒坐，妳別鬧。」

爾笙乖乖應了。

她走後，霽靈輕輕閉上的雙眼反而睜開，摸著自己被爾笙貼著蹭過的手臂，微微有些臉紅，她一聲輕嗤。「會撒嬌的小東西……誰對妳好了。」

這夜，明月朗朗。

爾笙掛著甜甜的笑臉睡熟的時候，一條細長的黑影悄悄潛入爾笙的房間。

他悄無聲息地攀爬上床沿，立在爾笙的床頭之上。一雙金色的眼眸細細探看著爾笙的睡顏，見她笑，小黑蛇的眼睛便也瞇了瞇；見她嘟嘴，蛇尾巴便跟著翹了翹；爾笙扭了扭身子，他的腦袋便跟著偏了偏。

爾笙在夢裡嘟囔著長淵的名字，他便在一邊輕輕點頭。她喚一聲，他便應一下，就算知道她根本就看不見。

第二天早上，爾笙起來之時，小黑蛇早就不見了。

沉醉醉醺醺地回來之時，正巧碰見霽靈要送爾笙去書院，他揮了揮手道：「學點兒文化還是好的，不過書院有人若是欺負妳，妳只管打，回來師父給妳頂著。」

霽靈瞇眼望了沉醉一眼，提了爾笙便走。要到書院的時候，她才冷著臉淡淡交代。「若是有人欺負妳，讓一次、忍兩次。他再得寸進尺，便聽妳師父的話，回去有他給妳頂著。」

爾笙嚴肅地點頭。

然而在書院的生活並沒有他們想像中的那麼糟糕。

在一群小孩子中，爾笙算是一個巨人，大家都聰明地不敢去招惹她。爾笙雖然在書院不受待見了一些，但至少書是讀得安穩的。她本就聰明，學起來相當快，用了不到半年的時間，她自己就能編寫出一、兩個小故事，私下裡分發給同窗們觀看。一群小孩被爾笙的故事唬得一愣一愣的，這才慢慢開始接受她。

在仙山的生活越過越順，爾笙甚至已經習慣了這樣閒適的生活，每日修行一會兒法術，讀讀書、練練字，閒來再幻想出幾個小故事與同窗共賞。只是爾笙編的每個故事裡，都有一個叫長淵的人，他很漂亮、很強大，他在這世上的某一個角落過得很好。

時光荏苒，仙山的時間總是流逝得比凡間快幾分，爾笙不承想她在這書院裡讀書，一讀便讀了三年，眨眼間已滿十七歲了。

從十六歲起，爾笙便會與霽靈一道出山除魔衛道，順道四處打聽長淵的消息，一旦聽到哪一處有龍出沒的跡象，不管真假，她都會跑去看一看，然而每次都失望而歸。

久而久之，修仙找長淵似乎只成了一種單純的念想，一股執著的期望。

與爾笙現在的生活息息相關的是各種術法的修煉、靈氣的積攢與運用，更好地駕馭一鱗劍，還有與師姊一道出去除妖。

她以為這樣的生活會一直持續下去，然而，這世上沒有什麼事會一直持續。

這次爾笙又與霽靈一道出山除妖，此妖名為骨螭，道行不深，卻生性狡猾，最善誘惑人心，以人心惡念為食。霽靈在樹林中捉住了他，但是雙手卻被骨螭的多隻觸手纏住。

以霽靈的修為，本不至於被此等妖物所傷，但是在纏鬥之際，骨螭卻一陣偷笑。「愧為仙門子弟，妳居然對自己的師父有如此大逆不道的想法。」

霽靈心神大亂，一時沒反應過來，被骨螭鑽了空子，其中一隻黏膩噁心的觸手直取霽靈的心房。「沒錯，沒錯，妳的感情是不被認可的，一旦有人知道，你們就完了，連師徒也做不了了……」他難看地笑著，眼瞅著便要刺穿霽靈的心口。

適時，爾笙找了過來，見此情景，一聲大喝：「師姊！」頓時喚醒霽靈的神智。

霽靈側身一躲，避開了要害，卻始終沒躲得過被他的觸手戳穿肩膀。爾笙大怒。「你個滿身長舌頭的醜妖怪簡直是活膩了！」言罷，提氣縱身，一躍而至骨螭頭頂。

霽靈大駭。「不可！」

爾笙哪還聽得進她的招呼，手起劍落，一劍直刺骨蟎的頭部，骨蟎一聲哀號，鮮血噴濺而出，灑了爾笙滿臉。刺進霽靈肩膀的觸手隨即消失不見，霽靈捂住肩頭，頹然摔在地上。

而一鱗劍下，是一顆類似於內丹的白色珠子，爾笙對這樣的物品有陰影，猶豫了許久也沒有使力將它弄碎，只問霽靈道：「師姊，要弄碎它嗎？」

霽靈卻沒有回答爾笙的問題，有些焦急地望著她問：「可有覺得心煩意亂，或是不安？」

爾笙感到奇怪地搖頭。「沒有啊，倒是師姊，妳的傷需要快點治療才行，這個珠子咱們怎麼處置？」

霽靈看了看爾笙手裡的劍，嘆道：「是我低估了這劍上的靈力，骨蟎此物的血能魅惑人心，使人心生惡念，尋常人是萬萬不能碰的，沒想到妳這劍竟還能驅散邪氣……」

「師姊……」爾笙苦惱。「妳還是沒說這個珠子怎麼辦。咱們得快些回去，妳流了好多血。」

霽靈用還能動的手捻了一個訣，用結界將珠子封住，隨即放進衣服中。「此物須得交給仙尊淨化。」

簡單地處理完戰場，掩埋了地上骨蟎的血跡，爾笙乖乖地背上霽靈，御劍直飛回無方山，全然沒發現在她們走後，林間的風微微一吹，枯葉翻開，裡面染血的泥土又露了一些出來。

一雙華貴的鞋靜靜站在泥土邊，頗感興趣地踢了踢溼潤的土。

「唔，可讓我找到了。」

爾笙扶著霽靈回到小院子的時候，沉醉正在院裡的石桌上躺著晒太陽，身邊擺了兩個空酒罈，手裡還抱著一個。

彼時霽靈已經暈過去，臉色白得跟紙一樣，爾笙哪有工夫去看沉醉，馱著霽靈便急急往屋裡趕。無方山沒有大夫，修仙者多是受的內傷，得靠自我調息；即便是受了皮肉傷，自身用靈力調息也才是最好的辦法。

而此次卻不一樣，骨蝻的邪氣侵入霽靈身體中，若無外人助她清除邪氣，她是無法自行調息的。

在爾笙眼中，霽靈一直是強大的，與她一同外出除妖以來，霽靈從來沒有受過這麼重的傷，她從沒想過，霽靈也會淌出這麼多血……

爾笙在霽靈房裡四處翻找著繃帶和剪刀，正慌亂之際，忽見門口光線一暗，沉醉神色晦暗地站在那方，目光冰涼。他看著霽靈肩膀處的傷口，沉聲問：「誰幹的？」

聲色中竟是從未聽過的凜冽。

爾笙微微有些怔愣。

沉醉心中好似有一團火在燎燒，怎麼也平息不下來。「我問妳，是誰，傷了她？」

一向吊兒郎當、沒個正經的師父突然正經起來了，爾笙很是不習慣，隔了許久才老實交代道：「是個叫骨螭的妖怪，已經被殺掉了。」

沉醉的拳握緊至泛白，他冷冷勾唇。「真是……便宜他了。」

爾笙翻出綳帶和剪刀，跑回床邊，剛想將霽靈的衣服直接扒下來，又突然想到沉醉還在後面，道：「師父，您先出去，我要脫師姊的衣服了。夫子說男女授受不親。」

沉醉冷笑。「一把屎、一把尿拉扯大的小屁孩還跟我計較。妳就當夫子那話是在放屁。」一邊說著，一邊進了屋來，他手一攬，輕輕地將霽靈抱起來。「她這傷口太深，躺著根本弄不了，我扶著，妳把裡面的爛肉挖出來，再撒點藥包好。」

聽見要動手把傷口裡面的爛肉挖掉，爾笙立即扔了剪刀和綳帶。「做不來、做不來，這是師姊，又不是妖怪和肉蟲，活生生的師姊……我下不了手。」

沉醉眉頭一皺。「小丫頭越來越沒用。」

爾笙被鄙視之後，本來鼓起了那麼一些勇氣，但掃了一眼霽靈血肉模糊的肩頭，又立即直甩腦袋。「不行、不行，師父，咱們還是換著來，我扶著師姊，您來給她挖。」

沉醉輕哼一聲，手中藍光一凝，積聚出一把幽藍色匕首的模樣。

爾笙趕緊與沉醉調換位置。

然而，當沉醉的手指觸碰到霽靈的衣領之時，卻不由自主地頓住了。

男女有別……即便是自己一把屎、一把尿拉扯大的小孩，現在也是男女有別……

好不容易忍下胸中湧出的異樣躁動，沉醉轉手用藍色的匕首輕挑，將霽靈的衣領撥開，看見被血染過的鎖骨，沉醉手微微一抖，又立即穩住。

「師父，您磨蹭什麼？」爾笙感到奇怪。

沉醉此時也懶得去數落她，心一狠，揭開幾乎與肉黏在一起的衣物。霽靈被疼得清醒了許多，她瞇著眼看了看眼前的人，難得虛弱地輕哼。「師父，疼……」

自霽靈長大之後，幾時還聽過她這般呼喚，沉醉的目光不由自主地軟了下來，哄道：「忍忍。」轉眼看著她早已血肉模糊的肩上，沉醉握著的匕首有些顫抖，他低聲囑咐爾笙：「把妳師姊扶好，別讓她亂動。」

爾笙應了，忙捻了一個定身訣，讓霽靈無法動彈。匕首扎進傷口時，霽靈似是痛極，牙關緊咬，額上冷汗涔涔。沉醉臉色也有些蒼白，但是手上的動作卻十分俐落，一塊塊腐壞的血肉被挖出來扔在地上。爾笙轉過頭去，不忍再看。

不知過了多久，沉醉終於沉聲吩咐：「小耳朵，幫妳師姊把傷口包好。」爾笙轉過頭來一看，這才發現師父連藥粉也撒好了。她忙取過繃帶，作勢要替霽靈包紮傷口，沉醉起身讓開，卻不料霽靈扔拽著他的衣袖不肯放手。她雙眼緊閉，儼然已經疼暈了過去，手卻是下意識地緊緊握著，不肯放鬆半點。

爾笙是個不大會琢磨其間細膩情感的人，擼了袖子便要去將霽靈的手指頭一根一根掰開，幸而沉醉終是看不下去地出聲制止了。「小耳朵……還是我來吧，妳先出去。」

爾笙眨著眼睛想，包紮傷口可不像挖肉，這衣服可是得褪下一大半的……不過既然是師父要求的……

「那我先去燒點兒熱水，等會兒替師姊擦身。」

「嗯。」

爾笙乖乖地走出去，掩上門之時，聽見霽靈迷迷糊糊地一遍遍喚著「師父」

二字。沉醉的手停留在霽靈的肩頭，半天也沒動彈一下。

為什麼明明是同樣的兩個字，卻聽起來如此不同呢？爾笙的「師父」和霽靈的「師父」，到底哪裡不一樣……

忙碌了一天，終是能倒在自己的床上歇息了，爾笙依舊把一鱗劍擺在自己的床邊，輕輕摸著劍身，喃喃道：「今晚師父都守在師姊身邊，我要不要也過去看看，在師姊房裡守一夜好了，不然明天師姊醒了，會說我沒良心的。」

爾笙猶豫了一會兒又道：「但是今天我也幫了這麼多忙，胳膊腿都跑細了，唔，我還是別過去好了，反正有師父，師姊的房裡又沒個能躺著睡覺的地方……而且就往常來看，師姊好像更喜歡和師父單獨待在一起。」

在爾笙看不見的暗處，月光透過窗戶照進來，在地上投射出一個小小的蛇身。聽了爾笙的喃喃自語，黑蛇鄭重其事地點了點腦袋，像是很贊同她後面這話。

「我還是安心睡自己的覺好了。」爾笙說服了自己，脫了衣服便鑽進被窩裡。臨睡之前，爾笙望著一鱗劍，出神道：「長淵、長淵，今天我救了師姊，以後我也一定能救得了你的，我現在已經很厲害了……」

這樣的話，已成了爾笙入睡前必定會說的，像是一個信仰，又像是一句誓言。

房間安靜下來，銀白的月色投入屋內，灑了一地冰涼。隱藏在屋子暗處中的黑蛇微微探出腦袋，沐浴著銀色月光，金眸閃得發亮。他看了看已然沉入睡夢中的爾笙，又望了望空中大得詭異的月亮。

今晚的無方仙山，邪氣過重……

無人知曉，在爾笙隔壁的屋子裡，重傷的霽靈尚在沉睡，沉醉靜靜地坐在她身邊，眸中神色複雜得令人難以揣度；而在霽靈被窩中，她衣服裡尚揣著的骨蟎內丹正散出一絲絲奇異的光，一如窗外月色。

只是霽靈不知，沉醉不知，爾笙更是不知。

這夜，爾笙作了個奇怪的夢，初始，在夢中除了一片黑暗，什麼都沒有，她只覺自己在不斷地下墜，像是掉入一個無底的洞中。

四周只有一片荒蕪的黑暗，漸漸的，在混沌之中，出現一個白衣女子的身影，在她身旁還有一團模模糊糊的巨大黑影。畫面漸漸清晰，白衣女子靜靜倚坐在巨大黑龍的犄角之間，她伸手摸了摸黑龍的角，道：「長淵，聽我講了如此多的紅塵俗事，你可是覺得厭煩？」

「依著司命所說，世事繁瑣皆自成一趣。若有機會，我倒想親自去走一遭。」

司命默了默。「你可是想要自由？」

「想。」

司命輕輕笑了。「我幫你可好？」

「逆天改命必不得輕饒，司命，為了長淵犯此大罪，不值。」

「長淵，你並不該無故受此責罰，所謂天命，又有誰真的見過呢？我任司命星君一職，最不信的莫過於命運。摯友，若說為上古預言而受此囚禁，這幾萬年，足矣。」

長淵沉默，繼而長嘆：「司命，逆了天命，那人又怎麼會饒得了妳……」

司命冷笑。「干他何事，左右不過是改改批錯了的上古預言。若是如此，上天還要降罰……既然這天地不仁，我便是逆了又何妨。」

天地不仁，我便是逆了……又何妨。

此一言像是一句魔咒，在爾笙的腦海裡扎了根，一直盤旋不去。直至翌日，她神智恍惚地醒來，腦袋炸裂一樣的難受。她迷迷糊糊地打了水，刷牙洗臉完了便坐在院裡的石桌旁發呆。

適時，沉醉自霽靈的房間裡出來，青了一張臉，見爾笙一臉迷茫地傻坐著，皺眉問：「妳昨夜莫不是趴在門前聽了一夜的牆角？」

「天地不仁……」爾笙喃喃自語了幾句，才望著沉醉，恍然回過神來，有些困惑地問：「師父，您說真的會有前世今生這一說嗎？」

「死一次約莫就清楚了。」沉醉心情不好地答完，轉身便出了院門，估計又是去買酒喝了。

爾笙想，一定是師姊醒了又給師父吃癟了。她一聲嘆息。「都這麼大的人了，怎麼就不知道讓著徒弟一下呢？真是個幼稚的師父。」言罷，她到井邊打了一盆水，又燒了一會兒，才端到霽靈門前，敲了房門。「師姊，我來替妳刷牙洗臉。」

不料爾笙剛把門推開，忽然一陣陰風颳過，一顆黑色的珠子以迅雷不及掩耳之勢急速擦過爾笙的臉頰，「刷」的一聲直直衝向天際。

爾笙還在怔然，霽靈動彈不得地躺在床上，狠狠瞪著爾笙。「定身術為何沒替我解了？」

「昨天……就忘了。」爾笙呆呆地回答。

霽靈氣道：「那是骨蝫的內丹，尚未淨化，如此為禍人間的妖物跑了，妳還不去追！」

爾笙被罵得一個激靈，立即答了聲「好」，回屋提了一鱗劍便御劍追去。

天地浩大，區區一顆黑珠子哪裡是那麼容易找的。

爾笙在空中御劍尋了許久也沒有結果，在幾乎快要絕望之時，忽覺無方後山傳來一絲詭異的氣息。她猶豫一番，最終還是決定跟了過去。

初入無方山時的那場鬧劇，讓爾笙對這個禁地徹底沒了心思，平日裡是連繞道也不大願意走這個方向的。今日為了那顆或許會禍害人間的珠子，爾笙咬了咬牙，愣是逼著自己在禁地上空轉了一圈，確實沒見著可疑的地方，便起了打道回府的心思，身後忽的吹過一陣詭異的氣息。

好歹也跟著霽靈走南闖北地收了許多妖怪，爾笙靈敏地判斷出這風中的氣味帶著妖異，還有濃重的殺氣！

有妖怪潛入無方山了……

爾笙剛意識到這一點，忽然之間，一記光刃不知從何處而起，急速向她砍去。爾笙目光一凜，立即驅動一鱗劍躲避開，但那光刃好似活了一般，一擊不中，竟轉了方向繼續對爾笙攻擊而來。爾笙招架不及，被打得連連後退，好不難堪。

而那光刃像是在逗弄一個玩具，看似危險，卻又都在危急關頭堪堪停住，讓爾笙得以逃開。

初時爾笙尚未察覺對方的意圖，但是躲著躲著，她慢慢也感知到對方只是在戲弄自己。自尊心受了極大的侮辱，爾笙竄來竄去地避了幾個來回，見對方越玩越來勁，爾笙徹底怒了，停住一鱗劍，大膽地轉身回頭，將這些年夫子教給她的禮儀盡數扔還回去。

「哪個龜孫子在搞鬼！小雞雞不想要了嗎！」話音一落，光刃在爾笙面前猛地頓住，不一會兒，風中的殺氣盡消，一道魅人的嗓音好似自天際飄來。

「嘖嘖，看來這無方山教徒也不甚嚴謹。」

爾笙順著聲音定睛一看，一個長相妖孽的男子身著一襲極其豔麗的服裝，歪歪地立在雲頭。他手中把玩著爾笙久尋不到的那顆骨蟎內丹，此時的內丹已全然變作黑色。男子歪著腦袋，頗感興趣地望著她。「瞧這話說得多符合本公子的審美，這脾性若是做了本公子的徒弟，該有多好玩。」

爾笙打量來人許久。「你是誰？」

孔美人險些從雲頭上跌落，他危險地瞇了瞇眼。「本公子如此美麗的容貌都會忘記，小丫頭莫不是被無方山閒人們教傻了？」

爾笙又尋思許久，終是在腦海裡摸出一個模糊的身影。「美人？想做我師父的妖怪？」

「小丫頭無禮，念在妳我師徒二人分別三載的分上，便饒了妳這次。且與為師走吧。」孔美人說著，對爾笙伸出了漂亮的手指朝她勾了一勾，示意她上前。

爾笙握著一鱗劍橫在胸前，戒備地往後一退。「我是無方山弟子，什麼時候拜過你這妖怪為師？」

孔美人這才慢慢在雲頭上立起身子，嘆道：「這些閒人最無聊的便是喜歡以天下大義來給人洗腦，吾徒不可聽信他們的話。修道不過只為了求一身強大法力，無方山眾人能教得了妳的，我也能教；他們教不了的，我還能教。且在這無方山還要空守什麼清規門戒，本公子向來不屑於什麼天道大義，想做什麼便做什麼，我家徒弟自然也是想做什麼便做什麼，如此逍遙生活妳還不願與我走，可是想得清楚了？」

爾笙不是個禮義廉恥堅立於心的姑娘，聽罷這些誘惑，她可恥地動搖一下，但是想到活生生的師父、師姊，爾笙搖了搖頭道：「哼，這些條件……再加五十隻雞腿我也不去。」

孔美人瞇了瞇眼。「本公子加妳一百隻雞腿如何？」

「再加十件漂亮的衣裳也不去。」

「二十件。」

爾笙可恥地沉默了，好半晌後才道：「幫我找到長淵……」

孔美人挑了挑眉。「尋人本公子不大擅長，不過本公子認真尋起來，倒是沒有誰會找不到。」

爾笙看著一鱗劍，靜默不語。

孔美人招了招手，依舊十分悠閒的模樣。「談妥了就快些過來，我好似瞅見一個不大好對付的傢伙過來了。」

爾笙抬頭望向孔美人那隻手。「我們談妥什麼了？」她感到奇怪道：「你幫我找到長淵，我也不去。」言罷，揮了揮衣袖，駕了一鱗劍轉身便走。

孔美人臉色難得青了一青，隨即笑了。「我素來不喜別人在我認真的時候開玩笑。」

爾笙心知不妙，駕了一鱗劍眨眼間便飛出去老遠，但是爾笙再快又怎能快得過孔美人。前一刻還立於雲頭上的身影一閃，眨眼間，爾笙便被捂住了嘴，輕而易舉地被孔美人捉進懷裡。

孔美人涼涼道：「小丫頭，有的話是不能說的，比如說與本公子開玩笑；有的事是不能做的，比如說惹了本公子生氣；有些人是不能得罪的，比如說……」

爾笙哪有心情聽他廢話，只知自己現在受制於人，搞不好連命都會丟掉，情急之下全然不顧章法，張嘴便開咬，閃亮亮的虎牙直直啃在孔美人的虎口上。

誰會想到一個十七歲、修過仙的姑娘居然還會用小孩打架的招數，孔美人一下子便懵了，手一鬆，那顆黑色珠子便落了下去。

為禍人間的珠子……

爾笙不知從哪裡來的大力，狠狠地將孔美人一推，追著珠子而去。

孔美人反應過來，看著口水滴答的手，天生潔癖被勾起，他勃然大怒，一記殺氣凜凜的妖氣也跟著爾笙殺去。

眼瞅著那珠子便要抓到了，孔美人在身後驀地出手，讓爾笙不得不回身防守，這麼一擋，珠子又沒抓到。爾笙也生了怒氣，待孔美人再度出手時，爾笙握著一鱗劍，不管不顧地將自己的靈力化為劍刃，直向孔美人劈砍而去。

趁著孔美人被打了個措手不及，爾笙一聲低喝，總算追上骨螭的內丹，還沒有來得及欣喜，衣領猛地一緊。

爾笙驚駭地轉頭，看見孔美人目光灼灼地盯著自己，沉聲道：「邪靈珠藏在妳體內？」

爾笙茫然，孔美人一手掐住她的脖子，另一隻手扣在爾笙的手腕上，像是在細細診斷。末了，孔美人微微瞇起眼，神色依舊悠然，但是那雙黑眸之中流動的色彩卻起了變化，幾分狂喜、幾分激動。「我就知上古之物決計不會如此輕易地被毀掉。」

爾笙被他語氣中的詭異之意嚇倒，更是拚了命地掙扎，可此時的孔美人與方才彷彿兩人，任爾笙如何動作都沒有半點放鬆。

他劈手奪過爾笙手中的骨螭內丹道：「此物雖比不得邪靈珠，卻同為可斂收邪氣之物，配之妳身中邪靈珠殘餘之氣，應當會產生極奇妙的變化。」孔美人笑道：「小丫頭可想看看，是此物斂收了妳體內的邪氣，還是妳體內的邪氣將此物一併歸化？」

爾笙全然不懂他在說什麼，但見孔美人笑得極其猥瑣，腦海裡窮盡思緒都在想逃跑的辦法。

孔美人邪惡地一笑。「我們來賭一賭吧，看看這世間是會再產出一顆邪靈珠，還是妳會被變成一個由邪氣掌控的怪物。」

爾笙心中驚懼。「你以大欺小，卑鄙無恥，不要臉！」

「不巧，本公子最愛的便是自己這張臉。」他語調仍是輕鬆，手下動作卻半點不溫柔，單用一隻手禁錮了爾笙的動作，另一隻手「啪」地卸了爾笙下巴，讓她的下顎骨脫臼，無法自己闔合。

孔美人迎著爾笙驚恐的目光，將全然漆黑的骨螭內丹放進她嘴裡，接著手微微一用力，又幫爾笙把下巴接回去，連帶著逼她吞下骨螭內丹。

爾笙只覺那圓滾滾的珠子梗在喉嚨間，吐不出來又嚥不下去。

孔美人放了爾笙，抱著手在一旁閒閒看著，似在等爾笙起反應。

不料等了半晌，爾笙仍舊伸長著脖子，拚命拍打胸口，一副努力吞嚥的模樣，她憋得一臉通紅，竟是一副快噎死的樣子。

孔美人嫌棄。「妳喉嚨怎生如此的細。」

爾笙被梗得直翻白眼，她想，若是她被這個珠子噎死，除了死不瞑目，她估計連喉嚨也閉不上。

孔美人一聲嘆息，一巴掌拍在爾笙的背上，那顆珠子便圓潤地轉過爾笙的喉嚨，總算滑進了食道裡面。雖然依舊梗得她無比難受，卻比方才要舒服多了。

爾笙還在喘氣，不知何處又是一陣凜冽的殺氣撲來，孔美人挑眉一笑。「來了個送死的？」他手一揮，本以為能輕易地將這一記明目張膽的法術擋回去，卻不料這記殺氣極為蠻橫霸道，一擊卸掉孔美人的防禦，又是一擊接連而來，直撞得孔美人一陣胸悶，堪堪往後退了兩步。

孔美人壓下胸中翻湧的血氣，冷了面色。「何人擾我？」

冷風穿過耳邊，風中沒有半絲對方的氣息。

孔美人凝神應敵，爾笙卻沒心思去管那些，此時那骨蟎漆黑的內丹約莫已經滑進她肚中，像是在裡面上竄下跳一般，絞得爾笙腹痛難忍，一張臉如紙蒼白。若不是她緊緊握著手中的一鱗劍，怕是早已跌下雲頭。

疼痛越發強烈，爾笙忍受不了地弓起身子，害怕得喃喃道：「完了……完了，這貨拉不出來了，拉不出來了……」

饒是在如此場景之下，孔美人也被爾笙這話逗笑了，然而不等他唇角的笑拉開弧度，天邊行來的人又讓他眉目一沉，孔美人冷笑道：「方才竟是無方仙尊親自動的手嗎？我竟不知，無方山何時竟修了如此霸道的內息法術。」

仙尊緩步踏雲而來，對孔美人的話並無辯解，清冷的眼眸只淡淡掃了一眼爾笙，目光又在一鱗劍上停留一會兒，最後落在孔美人身上道：「擾我無方山，當誅。」

孔美人脣邊的笑漸漸拉出一絲嗜血的弧度。「大話，若不是方才本……公子大意，又怎會被擦到身子？」

仙尊微微一抬手，爾笙便覺得有股莫名的力量在拉著她走。孔美人冷冷一笑，針鋒相對地以法術拖住爾笙。「我要收的徒弟，豈是你說也不說一聲便能帶走的。」

適時，一鱗劍卻像是活了一般，倏地抬起劍尖，直指孔美人。一道寒光輕閃，孔美人牽連著爾笙的法力如同被隔空切斷一般，瞬間消失了，他面色微妙地一變。電光石火間，仙尊手一揮，將爾笙拋至身後，迎上前去便與孔美人纏作一堆。

仙尊本意是想讓爾笙御劍離開此地，但哪想爾笙已痛得人事不省，仙尊如此一甩，爾笙便全然沒了定力地被甩出去，直直往無方後山禁地落去。

仙尊與孔美人激烈地交上手，哪還有空去管爾笙。所以在此時沒有人注意到，一道黑影在空中閃過，直撲爾笙而去。

第七章

無極荒城

爾笙摔入後山禁地的湖中，一潭刺骨冰涼的水頓時侵擾了她所有的感官，腹中的絞痛在如此寒涼的水中似乎也輕了許多。

爾笙不會泅水，自小便不會，此時被這突如其來的遭遇嚇得手忙腳亂，肌肉繃得死緊；然而她越是掙扎便嗆了越多的水，往湖底沉得也越快。

會死掉……爾笙想，左右拉不出東西遲早也得憋死，而今被這水憋死，倒也死得好看一點兒。

只是唯一的遺憾便是此生還未尋到長淵……不知長淵現在過得怎麼樣了，是不是還記得他有一個小媳婦，知不知道這個小媳婦一直在找他……

爾笙的意識越發模糊，但是身上的感官卻越來越清楚。她清晰地聽見四周水流的流動聲響，感受到水流流向的逐漸變化，由最初的寂靜無波，然後慢慢旋轉得迅速。

「爾笙。」

誰在叫她？

聲色平淡，語氣卻是久違的溫柔。

「爾笙。」

是誰……

爾笙感覺自己背脊似乎觸到一塊堅硬的物體，似鐵似牆。忽然，這塊堅硬的東西馱著她開始慢慢移動起來，順著水流快速向上，然後衝出冰涼的湖水。

彼時孔美人正與仙尊在空中纏鬥得厲害，其實若單論法力，孔美人還勝仙尊一、兩層，但是方才那霸道的兩記襲擊已傷了孔美人內息，他一運氣便覺得胸腔內隱隱作痛，根本無法使全力應付仙尊。偏偏這無方仙尊又是個出了名的狠角色，對付妖魔向來不會吝惜著靈力，處處皆是狠辣的殺招，孔美人忙於招架，頓時落了下風。

他正恨得牙癢，忽覺下方有股莫名的氣息泛出，仔細一探，竟與方才偷襲他的那兩記法力極其相似。孔美人不由得心生顧忌，慌忙接了仙尊一招，往下方看去。

仙尊自然也察覺到同樣的氣息，他目光淡淡往無方後山一瞥，隨即眉頭微皺，眨眼間手中便凝出一柄透藍的長劍，更是氣勢洶洶地衝孔美人砍去，一副速戰速決的模樣。

孔美人被這突然的一劍砍得措手不及，狼狽躲過之後，不由得動了真怒。「與爾等玩笑，你還真當本王是好欺負的！」言罷，口中咒語低吟，一柄極為豔麗的折扇便握在手掌間。「本王且認真與你切磋切磋。」

無方山的上空一時撞擊出各種顏色眩目的光，下方的弟子們看得皆是驚嘆，唯有後山禁地一片死寂。

爾笙一臉慘白地被拖上湖邊，髮絲混亂地下垂在臉上，顯得她更是狼狽，但是此時她對周遭變化已渾然不知。

一襲黑色長袍的男子以手覆在爾笙的腹部，微微用力，爾笙便吐出一口清水，接著嗆咳不斷。她迷迷糊糊地睜眼看了看眼前的男子，可是還沒看清容貌便又捂著肚子疼暈過去。

男子渾身也已溼透，探查到爾笙的脈搏依舊強健地跳動著，他長舒一口氣，在爾笙身邊坐下來，然後用食指輕輕摸了摸爾笙緊皺的眉頭，沉默了半晌，有些心疼地問：「很痛嗎？」

爾笙昏迷著，自然不能答話，他便更是用力地想抹平爾笙額頭上的皺摺。

上空的激烈打鬥仍在繼續，法術撞擊出的炫麗之光映入透亮的湖水中，又反射過來，投進男子黑色的眼眸裡。澄淨的瞳中有一絲金光一閃而過，黑衣男子的面目逐漸冷了下來。「何以……欺辱於妳。」

爾笙嗆咳兩聲，恍惚中呢喃：「長淵……」

他目光漸漸柔和下來，伸手摸了摸爾笙的額頭。「待我且去幫妳打那妖怪一頓，替妳出出氣，可好？」言罷，長淵起身欲走，卻發現自己的衣袖被爾笙拽得死緊。

他不忍掰開爾笙的手，便也只好壓了心底的邪火，好脾氣地坐下來，只顧一動不動地瞅著爾笙，好似這樣瞅瞅，爾笙便能很快醒來。

上方的鬥法越發激烈，引得無方山靈氣激盪，湖水無風自動，一些樹葉甚至被法術的餘威削了下來。

長淵卻不適時地將爾笙看呆了去，一如他這幾年時常做的那樣。爾笙靜靜打坐，或者望著某個地方發呆時，他便也躲在角落悄悄地望著爾笙發呆。所以等他眨著眼回過神來時，才發現上空中那兩人已鬥得天上烏雲遍布，無方仙山儼然一派妖山的光景。

長淵皺了皺眉，心道，此兩人皆是集道法之術大成者，如此鬥下去，必定得傷了天地元氣。無方仙山靈氣四溢，若是山下鎮守著什麼上古的邪魔妖物……

他還未想完，大地猛地一震。

只見眼前的湖水一陣激盪，急速地旋轉起來，湖中心好似有一個怪物，將水全都吸了進去。待湖水盡數乾涸之時，平坦的湖底露出一塊不知立了多少年的石碑，上面的硃砂字好似是才用鮮血抹上去的一樣——

無極荒城。

三界外，上有萬天之墟，下有無極荒城。皆是無日月、無生靈的死寂之地，有進無出。

長淵見此碑，不由得肅了面容。

無極荒城，永囚大凶大惡之徒的蠻荒之地，它的入口竟是在無方山嗎……長淵想，難怪此處被無方山立為禁地，這樣的地方，著實不該為人所知。

「唔……」

一聲呻吟自爾笙口中傳出，長淵回頭一看，卻見爾笙的面色竟比方才更白了三分。長淵心底不由得起了驚慌，伸手一探，發現爾笙的臉如冰塊一般凍人。

「好痛……」爾笙全然無意識地呢喃：「肚子要爆掉了。」

長淵一聽此言，白了臉色。

此時，地面又是一陣劇烈的震動，此次並不如方才那般震一下便停了，而是持續地顫動，好似有什麼巨大的怪物要破土而出一般。

上方的仙尊與孔美人已停下了殊死決鬥，仙尊臉色鐵青，而孔美人的眼裡閃動著莫名的光芒，口中唸唸有詞：「無極荒城……無極荒城竟在此地。」

空中一道晴雷劈下，接在寫有無極荒城四字的石碑上，忽然間，一座碩大的城池臨空出現在閃電之後，巨大的黑色城門「吱呀」一聲響，對著爾笙所在的方向，緩緩開啟。

一絲詭異的風自城門中捲出，好似一隻手抓住了爾笙便把她往城門中拖。長淵下意識地抱住爾笙，與那股無名的力量相對抗。

城門越開越大，拖住爾笙的力也越來越大，長淵黑眸之中閃現的金色也越來越重。爾笙額上的冷汗如雨下，翻來覆去只會淺淺地呢喃一個字：「痛、痛……」

城門大開，城裡的世界被一片濃霧籠罩，什麼也看不清楚，只有一點兒紅色的影子在濃霧之中若隱若現。

仔細一看，才發現那竟是一個身著猩紅色大衣的女子在濃霧中翩然而舞。「朝思暮念，問君胡不歸。」她邊舞邊唱，其聲幽怨淒哀，彷彿地獄鎖魂的怨鬼，令聽者無不膽寒、戰慄。

一舞將畢，女子淒然長嘆。「君不歸，所為何，所為何？」

「爾笙。」女子幽幽喚道：「且回來吧。」

話音一落，長淵只覺懷中一空，爾笙已臨空被奪了過去。長淵眸色微沉，想也未想，便追了過去。

巨大的城門合上，將兩人都關進去，城池一如突然出現時那樣，瞬間便在空中消失蹤跡，唯留下一個乾涸了的湖泊，和石上血字更加鮮豔的石碑……

爾笙再次醒來的時候，是在一片紅色的沙塵之中。她睜開眼的第一件事，便是去摸一鱗劍，將它好好地握在手中之後，才開始想其他事情。

被灌了珠子、被拋進水裡……其他的事，爾笙便記不得了。她感覺腹中依舊在隱隱作痛，卻沒有初時那麼厲害了。爾笙甩了甩有些呆滯的腦袋，茫茫然地站起身來，往四周一看，皆是一片荒蕪的紅沙。

「師父。」她弱弱地喚了一聲，沒有得到回答。她左右看了看，來回踱了兩步，又喚道：「師父、師姊？」

紅色的沙塵瀰漫，爾笙走出去兩步便不知道自己方才是在哪個位置了，一轉身便迷失方向。

四周如死一般寂靜，空無得讓爾笙覺得可怕。

「有誰在嗎？」爾笙大喊：「師父、師姊、仙尊、孔美人！誰都好，有誰在嗎？」

回答她的依舊是無止境的風吹著沙，簌簌而過的蕭瑟之聲。

何曾有過如此處境，以往再是可悲，身邊也總是有人陪伴；即便是無人陪伴，四周也總是有人氣的。爾笙本就最怕孤獨，此時留她一個人在這樣的地方，沒一會兒她便紅了眼眶，而她又明白哭不能解決任何事情，便又只能咬著脣，強忍情緒。

左右摸不著頭緒，爾笙便隨便撿了一個方向，悶頭往那邊走去。她本想用御劍術，飛上天去，至少能看看這裡到底是個什麼樣的地方，但是咒語一唸，才發現自己內裡空空，靈力竟然全數不見了。

爾笙唯有在漫天飛舞的紅色風沙裡吃力行走，此處的沙地極為鬆軟，走一步便陷進去一步，一腳能沒入膝蓋深，爾笙幾乎是手腳並用地在向前行走。

不知走了多久，爾笙已累得滿頭大汗，抬頭一看，前方依舊只有紅色的沙塵。

一時間她只覺無比洩氣，登時沒了繼續向前的意念，下垂著腦袋，看著自己深深陷入紅沙中的雙腿，眼淚啪答啪答就掉了下來。她捂著隱隱作痛的肚子，委屈地細聲喚著：「師父、師姊不在，孔壞人也不在，長淵也不在……長淵不在這麼久……都跑哪兒逍遙去了。」

「自是嫌妳麻煩，都獨自走了唄。」

一道不陰不陽的聲音不知從何方響起，刺得爾笙心中更是發酸。爾笙趕緊將淚抹了乾淨，在四處張望一番，並沒有看見人影，她戒備道：「你是誰？」

「我？我不過是個幻影。」那人道：「爾笙，此生妳註定是孤寡之命，沒人陪著妳是正常的，這都是註定了的命運。」

「孤寡之命……」爾笙呆呆重複。「為什麼註定是我？我並沒有做錯什麼。」

「無錯也得受著，這便是命。」

「什麼狗屁！」爾笙罵道：「我活著便要按著自己的心意活，什麼命運，誰給我定的命運，那人憑什麼又來定我的命運？腦子被屎糊過了，還是吃飽了撐得慌？」

那陰陽難辨的聲音一時沒了動靜，爾笙還在奇怪，忽聽前方驀地傳來一聲輕喚，用她日思夜想的聲音——

「爾笙。」

只一聲，便教爾笙徹底呆住，忘了反應。

紅沙之外隱隱透出那人的身影，爾笙不知從哪裡來的力氣，拔了腿，在一腳深一腳的沙地裡跑得飛快，直直奔著那人而去。她心中狂叫著那人的名字，但是到了喉嚨反而被什麼東西梗住了，無論如何也吐不出隻字片語。

前面那人的身影越來越清楚，爾笙一邊跑著，眼眶像是被硃砂畫過一般急速紅腫起來。

「長……」

她深吸一口氣，不管自己這一下喝進了多少紅沙，只想這一聲喊出他的名字，然後撲進他懷裡抱住他，再也不鬆手。

但是世事難料，爾笙艱難地「跋涉」如此長的路程，臨近長淵身邊的時候卻過於激動，功虧一簣地軟了腿，「啪嘰」一聲，難看得整個人撲在長淵身前，摔了滿身滿臉的沙。

爾笙抬起頭來，淚痕混著沙在她臉上劃出了一道道詭異至極、蜿蜒而下的紅色曲線。「長淵……」爾笙叫得委屈，嗓音已近沙啞得不可聽聞。

黑衣男子蹲下身來，耐心地替她抹乾淨滿臉汙漬，神色雖極是平靜，但眼眸中的溫柔卻是爾笙在其他人眼中從來沒有見過的。

「怎生仍舊如此魯莽？」

爾笙蹭起身子來，老實不客氣地拽了長淵的衣袖，呼了鼻涕，然後蹭到長淵脖子邊，抱著他便不撒手了。

「長淵……」爾笙顫抖著唇喚著他的名字，眼淚、鼻涕順著他的頸窩流到了衣服裡去。「我找了你好久，找了你好久！」

爾笙抱著長淵哭得慘不忍睹，初始還能哽咽著說兩句人話，到了後面，便是「長淵」二字也梗得吐不出來了。

而長淵久未被爾笙如此親近過，身子還是有些僵硬，過了許久才慢慢緩了下來，猶豫幾番，終是將雙手環過爾笙的背，輕輕把她攬住，任由爾笙一把鼻涕、一把眼淚地泣溼他一肩的衣裳。

漫天紅沙之下，爾笙跪著，長淵屈身蹲著，他們靜靜擁抱著彼此，一個淚流滿面、渾身狼狽，一個滿眼溫和而動作卻僵硬不已。

但同樣的是，他們都捨不得放開對方。

不知過了許久，等沙塵已被風捲走，天地間終是歸於徹底的寂靜，爾笙才堪堪止住哭泣，腫著一雙眼，可憐巴巴地望著長淵，問：「你這麼久、這麼久……在外面，莫不是有了其他女人？不然、不然怎麼會連來看我一眼也不曾。」

聽罷這話，長淵哭笑不得地盯了爾笙許久，隨即老實地搖頭。「我不曾有過其他女人。」

爾笙心裡頓時覺得更委屈了，剛才止住的淚又要往下掉。「那……那你是討厭我了嗎？很討厭？連看一眼也不想看？所以才一言不發地走掉？」

長淵嘆息。「妳誤解人的功夫，確實是一等一的好。」長淵摸了摸爾笙的頭髮。「我很早以前便找到妳了，只是，妳不曾識得我。」

「胡說。」爾笙道：「你化成灰我也認得你。」

長淵默了默，終是沒有把自己被打成一條小蛇這件極其難堪的事告訴爾笙。他是龍，再是被囚禁了多久，也有一顆上古神龍的驕傲之心，然而他卻一而再、再而三地被爾笙誤認為是蛇，這著實是一件讓長淵丟臉到家的事。他岔開了這話，不再繼續深入探討。

「我……此前的追兵沒被我斬草除根，我想他傷好之後，定然還會來找妳我麻煩，索性就隱藏在暗處養傷，一直未曾現身找過妳。」

爾笙呆了呆。「如此說來，長淵一直在我身邊囉？」

「嗯。」長淵認真地點頭，唯恐爾笙不信。

爾笙興匆匆地握了長淵的手。「那我會讀書寫字，你都看見了吧，我還學會了畫畫和彈琴。雖然夫子說我做這兩樣沒有天分，但是我卻覺得我做得很不錯，改天我再給你畫畫，再給你彈琴好不好？」

長淵怎麼會沒見過她畫的畫，怎麼會沒聽過她彈的琴？他知道夫子說爾笙在這方面沒有天賦，實在是誇獎了爾笙；但是醜又如何，難聽又如何？都是爾笙獻上來的寶，長淵斷然不會拒絕的。

見長淵點頭，爾笙更是開懷了。「我會很多法術，會駕馭一鱗劍，改天我都一一表演給你看好不好？」

長淵一味寵溺地答應她。「好。」

「那前些日子辰渚與我表白，我把他收了，你說好不好？」

「好……」長淵頓了頓，手指不自覺收緊。「怎麼收？」

爾笙自然而然地說道：「自然是當妖怪收掉啊。我已經有長淵了，要他幹麼，他現在只是對我表了個白，我已經明確地拒絕了。若是下次他再來擾我，我們便一起把他像妖怪一樣打發掉，好不好？」

長淵鄭重點頭。「甚好。」

有了長淵的陪伴，這無日月、無生靈的荒蕪之地似乎也沒那麼可怕。

爾笙一直興致勃勃地說著自己這三年生活的點點滴滴，第一次和師姊出去除妖，第一次看見師父和師姊吵架，第一次與別的孩子一同在學堂上唸書寫字，第一次寫小話本子拿去給同學傳閱，然後不慎被夫子收掉了。事無鉅細，不管長淵知道、不知道，都一一講給他聽，蠻橫而霸道地要與長淵分享自己這幾年生活的點點滴滴。

儘管爾笙與長淵講的這些事，長淵大都親眼見過，但是他依舊聽得十分認真。那些平凡無奇的事放到爾笙嘴裡，就忽然變得有意思了。爾笙似乎很有與人講故事的天賦，一如在萬天之墟裡跟他講故事的司命一樣，每一件細小的瑣事，放到她的嘴裡永遠都會變得無比有趣。

在荒城之中是不知外面天日幾何的，所以當爾笙講得口乾舌燥仍未見天黑時，終於提出了疑問：「長淵，你知道現在多少時辰嗎？」

長淵搖頭。

爾笙一呆。「那我們還是先回去吧，出來太久，師父、師姊會擔心的。」

「要自此處出去怕是不那麼容易。」長淵道：「至今，我尚未聽過有誰自這裡出去過。」

爾笙舉目四望，只見四周除了一片無際的紅沙，什麼都看不見，終是想起了一個最重要的問題。「長淵，這是哪裡？我們怎麼到這裡來的？」

待長淵將此間事端都交代與爾笙聽了，爾笙才驚覺現今她與長淵的處境是十分危險的。一來，此處什麼東西都沒有，除了偶爾颳過的沙塵暴，甚至連雨也不下一顆；二來，此處囚禁的皆是罪大惡極之徒，他們在被關入無極荒城之前應當都曾是一方霸主，或說都是有大本領的人。這種人大都脾氣不好，被關進荒城以後，沒了管制，對外面的世界確實沒了威脅，但是在荒城裡就成了橫行霸道、無人收管之徒。

現在沒碰到還好，若是以後碰到了，她與長淵又要怎麼和別人去相處……一直與人打架嗎？

爾笙很是憂慮，但長淵卻表現得很是淡定，他平靜道：「若是以武力取勝，便無須畏懼。」

爾笙已不是小時候什麼事都傻傻相信長淵的爾笙了，她好歹也知道分析事情的利害。她知長淵厲害得應付一、兩個，或者十來個對手不是問題，但對方若有成千上萬人呢？彼時長淵雙拳難敵四手，若是就此被人暗算了又該如何是好？

正在爾笙愁眉不展之際，一隊穿著鎧甲的士兵找到了沙漠之中的爾笙、長淵。初時爾笙還以為對方要圖謀不軌，拉著長淵便要開跑，等那一隊士兵在他們身後追了長長的一段路，爾笙才算是弄清楚了，這些士兵是荒城城主派來的。

荒城城主……

爾笙望著長淵，用眼神問：這麼一座關犯人的城居然還會有城主嗎？

長淵也以眼神回答了她：去看看便知。

此行若是只有爾笙一人，她是無論如何打死也不會去的，但是瞅了瞅長淵與她緊緊交握的右手，又捏緊了左手的一鱗劍，爾笙這才稍稍安心地隨著這一隊士兵去了傳說中的荒城城主大樓。

城主住的地方便是無極荒城的城門之上的閣樓，日夜守著荒城城門。無極荒城只有此一門，只進不出，但凡有想偷偷溜出去的人，無非就是兩個下場：一是被士兵們手中的鐵戟絞得粉身碎骨，二是被荒城外的結界絞得粉身碎骨。所以，但凡長了腦子的人都是不願意去冒這樣的險。

爾笙與長淵被士兵帶到城門閣樓之上，在廳中等了一會兒，側廳裡有個人影才姍姍來遲。

長淵看著城主，微微一挑眉。爾笙也嚇了一跳：「這是城主？是女的？」

「可是有何意見？」豔紅色的長袍搖曳著拖在地上，女子緩步踏上臺階，隨即坐於最高的椅子上。她面色蒼白，眼下青影深沉，目光陰森森地望著爾笙，連向來膽大遲鈍的爾笙也嚇得腿一軟。
怨氣好重的女人……
還是，她根本就不是人？
爾笙想起每次除妖，霽靈都告訴她不要露怯，她剛挺直了背脊，忽然又想到現在她已經找到長淵了，全然沒必要再表現得如此無畏無懼，理當給久別的相公一個表現的機會才是。
於是乎爾笙嬌羞地一掩面，退到長淵身後，拽住他的衣袖，假惺惺地捏著鼻子道：「長淵，我好怕。」
大廳裡，握著兵器、凶神惡煞的護衛們皆是被這聲撒嬌刺激得虎軀一震，默默地撇開腦袋。
長淵渾然不覺爾笙的做作，拍了拍她的手，輕言安撫。「莫怕，沒有殺氣。」
高高在上的女子昂頭看著他們，見長淵如此對待爾笙，黑眼圈積了一層又一層的眼睛微妙地瞇起來。她默不作聲地一揮衣袖，一記陰柔至極的殺氣便蕩了出去。
裝柔弱是一回事，真被欺負了是另一回事。爾笙勇猛地把長淵往身後一攬，一擼袖子，竄上前去便用一鱗劍將這記殺氣劈砍開，指著紅衣女子便開口吼道：「誰敢欺負長淵！」

全場沒有人吭聲，只有長淵摸了摸爾笙的頭髮，老實答了。「他們都不敢。」

紅衣女子對爾笙的無禮卻沒有生氣，只是彈了彈指甲，倚在椅背上，幽幽地說：「我不想動手，但是別讓我看見情侶親密，我會嫉妒，控制不住嫉妒。」她神色淡淡的，一如一個會開口的死人，語調沒有半分起伏。

爾笙狐疑地打量她一陣子，見她真的沒有再繼續攻擊他們的打算，方才將一鱗劍收起來。這時，爾笙又忽然想起自己搶了相公的鋒頭，忙又屁顛屁顛地躲回長淵身後，指使道：「長淵！保護我！」

「嗯，好。」

又是一記殺氣砸來，長淵揮手擋下，這次兩股力量碰撞而出的衝擊力將整個大廳都震得抖了抖。

爾笙怒道：「見不得人好，這是什麼毛病！」

「不好意思，我嫉妒。」女子將手藏在衣袖中，依舊死氣沉沉地開口：「忍不住又動手了。」

爾笙嘴角抽了抽，長淵卻理解道：「怪不得她，此乃怨氣凝聚而成的妖怪，生性裡充滿了嫉妒和怨恨。」

女子挑了挑眉，似乎頗為訝異長淵知道這些事情，然而驚訝只有一瞬，她立即又沒了表情，只機械地點頭贊同道：「我名喚女怨，乃是集女子怨氣而成。」

暫代此荒城城主之位。」
集女子怨氣而成……爾笙想，原來世間女子的怨氣便是見不得人好嗎？
在無極荒城這麼一個積聚罪大惡極之徒的地方，坐上城主寶座必定靠的是真本事；也就是說，這個女怨打遍了荒城之中所有的人，最後強勢上位……
爾笙懂了，原來女人的怨氣才是世間最可怕之物。
「我最不喜見人成雙成對，是以無論如何也控制不住攻擊的慾望，所以兩位請見諒。」
爾笙撇著嘴沒說話。長淵道：「無妨，左右傷不了我們。」
對荒城城主說這麼一句話委實有點不敬，畢竟是在人家的地盤上，女怨作為荒城最強大的存在，其實是被這些以武力服人的惡人們十分尊崇的。長淵說的是實話，但是聽在人家耳朵裡便是極為藐視。
一時間，大廳之中嘈雜起來。
爾笙最聽不得別人說長淵哪裡不好，此時看見這些人竊竊私語，登時便火了，抽了一鱗劍要戳人。
女怨突然道：「是句實話。」
廳中的護衛們皆是一怔，連爾笙也不解地看向女怨。
她道：「早在公子入城之前我便感覺到了，你我身上皆有同樣的氣息。」

長淵望著女怨，一言不發，靜待下文。

女怨微微一瞇眼，道：「公子何以有此大怨？深入骨髓……」

此言一出，長淵垂頭，靜默無語。爾笙呆呆地看著長淵：「大怨？長淵你怨什麼？」

長淵扭頭望著爾笙，又摸了摸她的頭髮，微微有些嘆息。「此怨，並非我所願。」

爾笙忽然想起很久以前，她與長淵一同待在回龍谷裡的時候，那聳入天際的巨大龍柱身上遍布的「怨」字，密密麻麻好似一股不甘之氣化作的利劍，直指蒼穹。

「因你有此沖天之怨，我才不慎誤以為公子乃大惡之人，招入了荒城之中。」女怨道：「荒城不收無罪之人，待時機允許之日，我便打開荒城城門，送你出去。」

爾笙一聽見不日便能從這蠻荒的地方中出去，霎時樂開了眼，也將長淵心中懷有怨氣這事忘了。她剛拽了長淵的手呵呵地笑，便聽見長淵微冷著嗓音道：「爾笙呢？」

爾笙一呆，這才反應過來方才女怨說的話，是放長淵出去，而不是放長淵和她一起出去。

「她乃罪人，不可釋放。」女怨神色淡然，言語卻陰森森的。「邪靈珠蘊藏體內，她遲早會犯下滔天大罪。」

「我為什麼是罪人？」爾笙不滿地反駁。「那個什麼珠又不是我想吃的，我現在愛花愛草愛百姓，愛師父、師姊，愛仙尊、愛無方山，最愛的長淵也找到了，我為什麼要犯下滔天大罪？我又不傻。」

廳中的護衛們都被爾笙這番搶白逗樂了，唯有長淵嚴肅著一張臉，認真點頭道：「爾笙確實聰慧。」

女怨依舊是一副死氣沉沉的表情。「無論妳怎麼說，荒城大門絕不會再為妳而開。」

爾笙氣急。「我又沒做錯事！」

「妳身中帶有天罰印記，乃是上位者打下的，若非已犯下大錯，天庭為何要降罰？」

長淵眸色一冷，執起爾笙的手，靜靜地探著她的脈搏，問：「何時被天庭責罰的？」

爾笙茫然。「什麼責罰，什麼天庭，我自己怎麼都不知道？」

女怨道：「荒城乃是極罪之地，我乃荒城之主，自然熟知天上地下各種責罰，我若沒看錯，此罪印乃是天帝親自降罰。天帝既已降罰，妳便是遲早要入荒城之人，不能出去了。」

聽聞「天帝」二字，長淵眸色微微一沉。他探不出「天帝」給爾笙下了什麼罰，害怕爾笙受苦，起了擔心。

爾笙恍然大悟道：「原來是他搞的鬼！」她拽著長淵的手，怒氣沖沖道：「當初就是這個叫做添弟的傢伙，追到回龍谷去的！他給我套上了這個再也取不下來的圈子，又說了一些莫名其妙的話，最後竟然斷言長淵你會棄我而去……」爾笙眼眶一紅，壓抑多年的委屈湧上心頭，她有些埋怨。「我還罵他來著，但是……沒想到你還真就棄我而去了！」

長淵聽了爾笙前面的話，本來心情略沉，而後又見爾笙紅了眼眶，一時有些慌亂起來。他呆愣地眨了一會兒眼睛，才想起自己應該要哄她一哄，忙道：「呃……我並未想過會離開這麼久，我……」

上古神龍何時幹過安慰人這種差事，以前的司命氣了，會直接拿雷轟他，從不曾紅著一雙眼哀淒地埋怨，長淵情急之下只有摸著爾笙的腦袋，一遍一遍道歉。「我不曾料到那人竟會是天帝，也不曾想過對方會那般難纏，回來晚了，是我的錯，爾笙別氣。」

長淵與那人交手時就覺得奇怪，為何一個小小追兵就如此厲害，他還懷疑是自己道法不精，被時代甩開了，原來那人竟是天帝……若是早知道那人是天帝，長淵只怕拚了命也還會再補上一爪子——

讓司命那麼好的姑娘心神俱傷，他定不是什麼好東西。

「是長淵的錯。」爾笙不知長淵在想些什麼，只顧自己抱怨，淚意已經泛到眼睛裡。

「對！是長淵的錯！」他連忙應聲附和。

心中的傷疤被揭開，爾笙也不管方才是在討論什麼話題，也不管現在是在什麼地方，抹了一把辛酸淚，絮絮叨叨，好似要把這幾年自己獨自說過的話、有過的傷心氣餒全都告訴長淵。

「你都不知道我怎麼找你的。」

長淵小聲為自己辯解：「我知道的……」

「你不知道。」

「好，我不知道。」長淵小心翼翼地揉了揉爾笙額前的碎髮。「爾笙說的都對，別哭了。」

臺上的女怨睇起眼，手指已經蜷了起來，濃郁的怨氣慢慢凝聚，眼瞅著便是一記殺招準備就緒，但是，忽見長淵親了親爾笙的額頭。

那全然是一個下意識的動作，在嘴笨得不知怎麼用言語表達自己感情的情況下，藉由肢體的觸碰傳給她的安撫。

長淵自己不察覺，爾笙也只顧著埋怨，沒有發現。

額頭上輕輕一碰，滿是珍惜和心疼。

那個男子神色溫和得好似春日的陽光、夏日的微風，絲絲皆是體貼，皆是真心。

女怨不由得看痴了去，腦海中莫名地浮現出那年花前月下，流波仙山外爬滿纏藤的十里亭中，飛絮漫天，男子脣畔微涼，眸光卻帶著炙熱……

那般奇妙的月夜，此生必定不會再有了。

心中妒意澎湃而出，指尖已漸消散的怨氣再度凝聚而起，驀然砸向廳中相擁的二人。

這記殺招來勢洶洶，長淵不由得放開爾笙，回身抵擋。長淵性子並不暴烈，甚至可以說是有些淡漠、遲鈍，但是他的招式卻並不如他人一般溫吞，繼承了龍的血性，向來便喜歡硬碰硬，毫無技巧，光憑靈力便壓得對方抬不起頭。是以女怨這一記怨氣，若是換了個人定會想法子將它化解了，但長淵卻瞇了眼，一掌迎上去。

硬碰硬的後果很明顯，沒人知道歷史的無極荒城城樓的屋頂被無情地掀開，碎成了沙子，隨風散走了。一屋子的人皆暴露在荒城沒日沒夜吹著的乾燥熱風之中，夾著沙子，糊紅了一張臉。

女怨面無表情，長淵也神色淡漠，眾守衛一陣哀號。爾笙剛才哭過，紅沙貼在她淚跡斑斑的臉上，讓她無比難受，一邊吐著沙子，一邊擦臉。

「不怪我。」女怨道：「我警告過他們的。」

「城主！」有守衛不滿地吼道：「這已經是第十九次蓋屋頂了！十九次了！」

「唔。」女怨點頭。「下次正好湊個整數。」

掀了屋頂，眾人無奈之下只好到城樓下的院子中去。此院乃是女怨素日住的地方，高大的城牆擋去風沙，在荒城之中是個難得的陰涼之地。

守衛們各自去尋找磚石搭蓋屋頂，女怨看著長淵道：「公子且在我院中住些日子，待時機到時，我自會護你離開。」

「我與爾笙一同走。」

女怨淡淡地點頭：「如此，等到她死便可。」這話說得理所當然，並非嘲弄，而是好心的提議。

長淵皺眉。他壽命漫長，在荒城裡耗幾十年不算什麼大事，但對於爾笙來說，這便是她的一生。即便這一生只是司命歷的劫數，他也無法眼睜睜地看著鮮活的爾笙在這種地方被囚而死。

長淵心裡正在琢磨，忽聽爾笙正經道：「我沒有犯錯，妳不該關我，就算有那個什麼添弟降罰也不行。」爾笙迎著女怨怨氣重重的目光道，沒有絲毫閃躲。

「無極荒城是關犯罪了的人的地方，如果妳真的篤定我以後會犯錯，為何不等我犯了錯再來抓我？那時候我定心甘情願地與妳進來，現在妳擅自判了我莫須有的罪，既於理不合，也不足以服人。」

女怨打量了爾笙一會兒。「妳說得在理，且容我回去琢磨琢磨。」她替爾笙和長淵各自安排了住所，便回了自己的屋。

目送女怨離開，爾笙拽了長淵的衣袖，得意笑道：「師姊平日就是這麼與我說話的。我怕師姊，這個女怨果然也怕。」

長淵摸了摸爾笙的腦袋，淡淡微笑。在他看來，爾笙方才那模樣，與其說是像霽靈，不如說是像司命，幾分正經、幾分無所畏懼。長淵想，即便輪迴轉世，神的靈識仍在，爾笙總是不同於尋常人的。

「誰要在這種地方待一輩子。」爾笙哼哼地嘟囔了幾句，又望著長淵燦爛地笑了。「我答應過長淵，要陪你看盡世間百態，和你一起走遍名山大川，體驗人情冷暖，品嘗人生百味。我現在會法術也會飛，可以一直陪著你！」

心跳莫名地亂了一個節拍，看見爾笙如此認真的神色，長淵不由得更軟了眼眸。他知道，世間何其的大，爾笙即便窮其此生也無法與他一起走遍；他也知道於自己而言，爾笙的這句「一直」短得好似一瞬，但是，她這麼信誓旦旦地許諾，令他情不自禁地想要相信。

心中無數感慨劃過，最後讓爾笙聽見的，就只有一個淡淡的「好」字。

也就這一個好字，讓爾笙傻傻地咧嘴笑了許久，直笑得他耳根燒出一抹羞紅。長淵盯著爾笙清澈的眼眸，忽然略帶小心地問：「爾笙，我……」

「嗯？」

「可以咬妳一下嗎？」他頓了頓。「就輕輕一下……」

爾笙怔了怔。

長淵緊張地看了她一會兒，一聲嘆息，聲色中竟藏了些許委屈。「我是真的忍不住了。」言罷，埋頭在爾笙唇上輕輕一啄，然後咬住她的唇瓣……就一直這樣咬住了。

一直咬著……

半晌後，他終是不捨地鬆了嘴，眼中溼潤潤地瞅著爾笙。「能別打我嗎？」

爾笙哪會打他，呆了好一會兒，驀地霸氣道：「不再來一口？」

此話一出，長淵一怔，爾笙直想給自己一個耳刮子。她尚記得，夫子教過，女子應當矜持。她抹了一把臉，嬌羞嗔喚道：「夫君說哪裡的話，爾笙……爾笙早就任憑處置了。」

長淵盯了爾笙好一會兒，眉眼皆笑，他又埋下頭，唇畔再次相接。

忽然箭一般的陰氣刷刷地射了過來，長淵帶著爾笙側身躲開，陰氣打在地上，激起陣陣塵土翻飛。

女怨站在不遠處，神色淡漠地望著他們，身上的哀怨之氣把爾笙都嚇得僵了一僵，但是想到她打擾了自己和長淵的甜蜜，不由得出奇地憤怒起來。「妳不是走了嗎！」

女怨望著遠處的天空，好似不知道剛才自己做了什麼一樣。「我看見了很多紅色的泡泡，聞到了很甜的味道。心煩，就手滑了。」

爾笙氣得牙癢，卻也不知該說什麼，拽了長淵便往屋裡走。

女怨快速地瞥了他們一眼，然後亦步亦趨地跟在兩人身後，他們走，她也走；他們停，她也停。

爾笙忍無可忍地吼道：「見不得人好就算了，妳這又是什麼毛病！」

女怨繼續望著天空。「巡城。」

有妳這麼巡城的嗎……

爾笙嘟嘴，突然覺得以前纏著霽靈的自己居然是這般無賴的模樣，難怪霽靈一直對她沒有好臉色……

長淵倒還大度，輕聲道：「她出身特殊，女子怨氣之中難免夾雜著愛恨難分、喜怨不明的成分，她這般，是在羨慕。」

女怨一怔，望著遠方的眸子沉了下去，她冷冷看了長淵一眼。「公子，荒城之中，還請少言。」她拂袖而去，臉上神色未有半分改變，但卻是真的怒了。

爾笙看著女怨漸行漸遠，忽然回過頭來問長淵。「她羨慕我們什麼？」

長淵被問得一呆，有一個字在他喉頭上下竄動幾番，最終仍是嚥了下去。他搖了搖頭。「我不知。」

他回頭看了看爾笙，情不自禁地摸上她的頭頂，苦惱地想著，若真是那樣，該如何讓爾笙長出角來呢……

還有鱗片，尾巴和爪子……她一樣都沒有啊！

司命

第八章

女怨

荒城之中並無日夜之分，但進荒城的人在之前再如何大罪大惡，畢竟都還是人，習慣了白天活動、晚上休息的生活，所以每當到了一個固定的時辰，城牆上掛著的大鐘便會被敲響，響徹整個荒漠，以示一天中時辰變遷。

女怨替爾笙和長淵安排的住所，在外面看起來不過是一所普通小屋，然而裡面卻與外界尋常百姓的家全然不同。屋內只有一個黑乎乎的地洞，順著階梯走下去，下面才是真正的起居室。荒城無夜，人們習慣在黑暗的地方睡覺，這才有了住在地底的習慣。

爾笙點亮蠟燭，在漆黑的洞裡靜靜坐了一會兒，發現自己實在是睡不著，便抱了被子想悄悄潛入長淵的屋裡。不料她剛剛出了門，又在屋外看見女怨。

爾笙噘嘴道：「妳又要幹麼？」

女怨只淡淡看了她一眼。「妳要與他睡作一堆？」

「當然。」爾笙以為她又要搗亂，忙擺出戒備的姿勢。「不要以為妳一次又一次地打斷我與長淵親熱，就真的能分開我們，我們早就睡作一堆過了！」

「你們是相互喜歡的。」女怨幽幽道，陰沉的聲音聽著依舊可怕，但卻比往常多了一分真實。「我能感受到……」

她垂了眼眸，轉身離去，身形在風中看起來竟有些蕭索。一時間，爾笙好似真的看到了長淵所說的那種心情——羨慕，她在羨慕著他們。

爾笙望著她的背影，眨著眼道：「若想找男人，直接動手不就是了？」

「爾笙？」長淵在屋裡聽見外面的動靜，開門出來，看見爾笙抱著被子站在門口，出聲詢問：「一人睡覺害怕嗎？」

爾笙膽肥，哪會害怕一人睡覺，只是想與長淵待在一起罷了，她隨口應道：「嗯，害怕。」隨即自覺地往長淵屋裡面擠。「咱們今晚睡一起吧。」

她說完這話，便屁顛屁顛地跑到地洞裡面去，獨留長淵一人在外面呆了呆。不知他想到了什麼，紅暈驀地爬上耳根。長淵伸手捂住心口，聽著越發穩不住的心跳，苦惱地皺著眉頭，喃喃自語：「那種事……我尚無經驗……」

但事實證明長淵是想多了。

當他拘束地走進地洞，爾笙已經把自己的被子在床上鋪好，乖乖地鑽進去，拍著身邊的空位道：「長淵快睡吧，今天可真是累夠了。」說完便自顧自地捂了腦袋，呼呼睡去。

長淵傻傻地站在床邊，向來淡漠得遲鈍的他此時竟生出了苦笑的衝動。

當真只是睡一起吶……

一時間，長淵竟不知自己心裡的感覺是鬆了口氣還是莫名不滿。

那一「晚」，荒城中飄散著一個幽怨的歌聲，飄飄擾擾，入了無數人的夢境。

長淵躺在床上，斜著腦袋打量爾笙熟睡的鼻眼，一如他這些年來所做的一樣。無方山中的仙人們都說這些年爾笙長變了許多，但是在長淵看來，爾笙與他初見時並無二般，一樣直白得有些魯莽，而眼眸從來清澈有神，個性迷糊卻半點不糊塗。

若要說變，怕是他變了吧……

他看見爾笙時越來越想咬她，臉頰、嘴脣，都想咬一咬，像一口咬下去能嘗到蜜一樣……

翌日，城牆上的鐘敲響之時，爾笙手中正握著長淵的一綹頭髮，像是怕他跑了般，拽得死緊。而長淵仍舊睜眼望著她，等爾笙睫毛微顫，眼瞅著要醒了，長淵才閉上眼，假裝熟睡。

爾笙在他耳邊打了個大大的哈欠，然後扭了扭身子，手指仍舊拽著他的頭髮，拉得他有些疼痛。

半晌後，爾笙終是徹底清醒過來。她看見身邊的人，呆了呆，第一件做的事竟然是捏住長淵的鼻子。修行到長淵這個地步，便是屏息個幾月也不是什麼大事，但既然爾笙想玩，長淵總是捨不得拂了她的心意，於是便裝作氣短地睜開了眼。

「怎麼了？」長淵被捏住鼻子，聲音顯得有些奇怪。

爾笙怔怔地放開手，道：「我看看是不是真的長淵……還好，是活的，是熱的。」

長淵聽得心中一動，不知為何竟有點心痛的感覺。他摸了摸爾笙的頭。「我以後都陪著妳，可好？」

「你之前也說過這樣的話……」

面對爾笙對自己的質疑，長淵有點應付不來，噎了許久才道：「我之前沒有讓妳看見我，一是因為身上尚有封印未解，無法恢復人身，不通人言；二是……見妳在無方山生活得確實快樂，如此度過一生，也未嘗不好。」

「和長淵在一起才是最好的。」爾笙道：「雖然師父、師姊也都對我很好……但他們不是長淵。」

或許爾笙自己也不知道什麼對她來說是最好的，只是執拗地認為長淵是她生命中最重要的人，像是一種雛鳥心結，認定了便再難改變。

長淵唯有摸了摸她的頭，想咬她的衝動再次冒出來。

他起身離開床鋪，快得有點倉皇。「且先……去梳洗梳洗吧。」

爾笙乖乖地下了床，跑到長淵身邊，在他尚未反應過來之際，踮起腳，「叭」的一口親在他臉上，道：「反正我就是喜歡你，就要和你在一起。」說完，也不管被偷襲的那人是何表情，大搖大擺地從地洞走出去。

只點了兩盞燈的洞中，長淵摸著自己的臉頰，垂眸怔了許久，倏地咧嘴傻傻笑了起來。

荒城中除了時刻飄散於天地間的風沙，還有人，便再無其他活物了。

爾笙閒得無聊，荒城中其他的人更是閒得無聊，沒過多久，爾笙便與守護荒城的守衛們混熟了。這些守衛都是在荒城待了許久的人，早沒了進城時的狠戾勁，一天天混著日子，直到命盤壽數盡了，便能死了。

他們喜歡從新來的人嘴裡詢問外面的世界，聽聽又出了哪些新鮮事，發現了哪些新鮮的東西。那種生命循環不息、世界生機勃勃的氣息，在荒城是全然沒有的。

爾笙喜歡講故事，任何一件小事被她講來都顯得趣味十足，聽得一群人全神貫注，情緒都被爾笙帶著走。聽見她入無方山又差點被趕出去，都在幫著她咒罵寂悟迂腐；聽見她摔了師姊的東西，被收拾了也為她同情的嘆息。

每當她在人前講得眉飛色舞之時，長淵總是會站在一群人身後，溫和地望她，臉上沒有笑，只是神色出奇地柔和。

這樣過了幾日，在爾笙與守衛們都漸漸熟悉起來的時候，女怨突然傳來話說，送長淵出荒城的時機快到了，並允許爾笙一同與長淵出去。

爾笙本以為還要多與女怨磨上一陣子，不料她這麼便宜地答應自己，還深感詫異了一陣子。

長淵卻是一副意料之中的口氣。「她雖是怨氣凝聚而成，但心腸卻不壞，同為女子，她自然知道在這裡的苦，不會多為難妳的。只是妳今後切記不可犯下什麼大錯……」

長淵後面的話還未說完便被爾笙打斷了，她只聽了前半段，道：「荒城這麼苦，她既然可以把我們送出去，為何不把自己送出去？她喜歡這裡嗎？」

長淵遙遙望著荒城高大的城牆道：「興許是有什麼放不下吧。」

爾笙不解。「我聽那些守衛們說，在他們來之前很久，女怨就已經是城主了。有什麼放不下，會心甘情願地在這種地方待上幾百年？」

長淵搖頭說「不知」，爾笙獨自想了一會兒，又道：「不過如果是長淵待在這裡，我也可以心甘情願地陪著。」

長淵摸了摸爾笙的頭，將那句「我也是」埋在了心裡。

他不擅長說這樣的話，正因為都沒有說出去，反而記得更牢，也實踐得更徹底。

當天他們去見了女怨，她依舊是那副死氣沉沉的模樣。「無極荒城每五十年可由我打開一次，特赦一人，放他出去。但每次有資格出去的人，都不願意再出去了。」

在荒城之中待了五十年，對外面的世界沒有一分了解，出去又能怎樣呢？他所熟悉的，都已經不一樣了，對於他們來說，那個世界或許又是一個「荒城」。

「我這裡累積了許多名額沒用，看在你們情況特殊的分上，分給你們兩個。」女怨給了兩人各一顆紅色的藥丸。「此藥能助你們走過荒城外的結界。明日鐘響之時，城門大開，你們走出去就是，切記，不可回頭。」

當「夜」，爾笙輾轉難眠，興許是想到明日便要從這地方出去了，心裡難免激動。翻到半夜，忽聞外面滲進來一曲陰森的吟唱，好似在招魂，唱得人心裡發毛。

爾笙更睡不著覺了。

她知道女怨愛好每晚都嚎上這麼兩嗓子，偶爾起夜聽見了也沒甚在意，奈何女怨今晚唱得實在淒涼了一點兒。爾笙想起自己與長淵的那番對話，覺得女怨興許也是個可憐的人，便披了外衣，翻身下床尋著女怨的房間而去。

長淵睡在她身邊，見爾笙出去，眨了兩下眼睛，翻了個身，將腦袋貼在爾笙方才壓過的枕頭上，深深吸了口氣，閉上眼。

爾笙推開女怨的房門時，在門口狠狠僵住。

撇開整個屋裡陰森森的氣氛不說，一個血紅色的無字碑詭異地立於房間中央，其中的怨氣把爾笙都嚇得一顫。女怨便斜倚在碑旁細聲吟唱。她的屋裡沒有地洞，沒有床，也沒有被子，甚至連桌椅也沒有；也就是說，她數百年來都在這屋裡倚著一塊怨氣深重的墓碑作息生活……

爾笙深感不可思議。

被爾笙打斷了唱歌的興致，女怨閉了嘴，雙目無神地盯著爾笙。「何事？」

爾笙沒回答她，反而感到奇怪道：「這屋裡什麼都沒有，妳平時都如何休息？」

女怨扶著紅色的墓碑站起來，一身紅衣隨著動作起伏飄飄蕩蕩，彷彿地獄來的女鬼。「我生而並非人類，無須休息。」

什麼東西會不需要休息？爾笙腹誹。這荒城漫天遍地的紅色，看兩天就已足夠令人疲憊的了，即便身體不需要休息，心也是要歇歇的。整日待在這種環境中，根本就是自虐。

但這些話爾笙也只是想想，她摸了摸腦袋道：「我想著馬上便要走了，睡不著覺，又聽見妳唱歌比往日更憂傷，想著妳是不是捨不得我們，所以便來看看妳，順便與妳道個謝。」

女怨與爾笙並無多少交集，在爾笙看來，但凡認識的人離別時，必定都帶著不捨；然而女怨卻怎麼也生不出那樣的情緒，她覺得奇怪地看了爾笙好幾眼，心中只道爾笙自作多情，她想了一會兒又問：「為何談謝？」她已有許多年未曾聽過這字。

「妳幫我和長淵出了荒城，自然得謝妳。」

「不用。」女怨冷聲道：「他進荒城乃是我的誤判，理當放出；而妳現今尚未落實罪名，等到落實以後，我定再將妳捉回來，囚至壽盡。」

爾笙暗自吐了吐舌頭。「妳別說得那麼篤定，我才不會傻到犯下那種大罪呢。」爾笙掃了一眼屋中的石碑，問：「這個……是什麼？」

「墓碑。」女怨頭也沒抬地簡潔回答。

爾笙鍥而不捨地問：「誰的墓碑？」

女怨皺了皺眉，似有點不想回答她的問題，但是默了許久，仍舊老實答了：「替我未亡的夫君和我自己立的碑。」

爾笙一怔。「夫君？可妳不是女子怨氣凝聚而成的嗎？」

女怨摸了摸血紅色的碑面，陰沉的眼中顯出一絲難得的懷念。「在我變成女怨之前，我的夫君……」她沒有說完，不知想到什麼，面色又沉了下來。她盯著爾笙道：「妳該回去準備離開了。」

爾笙眨巴眨巴眼睛，頗為失望道：「可是妳的故事都還沒說完。」

「嗯，那又如何？」

爾笙撇了撇嘴。「妳的個性真不討喜。」

女怨沒再理她，背過身，只望著血色墓碑恍然出神。爾笙獨自待得無趣，剛準備離開，忽聽女怨幽幽問：「可聽說過墮仙長安？」

爾笙一時沒反應過來她說的是什麼，好生呆了一陣子才恍然大悟道：「那個、那個很厲害的，卻莫名其妙亂打人的仙人！」

爾笙對長安的印象來自於幼時差點被殺掉的那一刻，若不是長淵替她擋了那一掌，她怕是早就死透了。

入無方山修仙後才知道，那時找自己麻煩的竟是墮仙長安。傳聞中，長安的靈力堪與神明一爭高低，他三次成仙，皆為凡事所累，最後終是墮仙成魔。爾笙至今不明，如此一個人物當時為何非要與她過不去？

女怨聽罷爾笙如此形容長安，眉頭微不可見地一皺，靜思了半晌道：「此次妳去了外界，且幫我探探他的消息。等妳再回荒城之日，我必不虧待妳。」

「我才不會再回來。」爾笙下意識地反駁一句後，恍然間明白了這話背後隱含的內情，她問：「那墮仙長安可就是妳的夫君？」

女怨撫摸墓碑的手指輕輕一頓，點頭承認。

爾笙的腦袋迅速地轉起來，猜測著他們一人墮仙為魔，一人永入無極荒城之前，到底發生了什麼？可沒等她思緒飄得太遠，荒城的鐘聲響起，以示新的一天的到來。

女怨淡淡道：「且去準備準備，我隨即便去為你們開門引路。」

爾笙想聽故事，但更想離開，忙抓緊最後的時間來詢問：「妳要我去探他的消息，又是探怎樣的消息呢？」

「我只想知道他過得不好。」女怨道：「他不好，我便好了。」

爾笙不理解這裡面的邏輯，與那人做過夫妻，應當是真的互相喜歡過，既然如此，便應該時時刻刻盼著對方好才是。就像她對長淵，就算不知道長淵在哪裡，但心裡總是盼著他能過得極好。

為何要他不好呢……自己明明也會難過的。

爾笙還要再問，忽聽屋外傳來長淵尋人的呼喚聲，她忙應了，急急跑出去。陰森的屋中重歸寂靜，女怨咬破手指頭，就著猩紅的血在墓碑上書寫著文字。一筆一劃十分認真，血液順著石碑慢慢往下滑，初時尚有幾分鮮豔，而後漸漸模糊不清。她寫完一字，前面那字便已消失，融入了血色的大背景中。

這塊血色的墓碑，竟像是被女怨這一滴滴血長年書寫出來的一樣……

望著墓碑呆了一會兒，她回頭看向屋外。爾笙跑得急，開了門便忘了關，女怨回頭恰恰看見爾笙笑哈哈地撲進長淵懷裡，抱著他脖子猛蹭，像是一隻小狗；而長淵則微微彎著腰，以手托著爾笙的背，讓她踮起腳尖的擁抱不至於那麼費力。

女怨眼眸微微一沉，心中莫名的妒火又燃燒起來。指尖凝聚了怨氣，剛想動手，卻見長淵目光深遠地望著她，沒有殺氣，但意含警告。

手間怨氣散去，女怨拂袖關上門。她並非是不嫉妒了，而是明白，那個男子不是她能對付的。

外面的爾笙自然不知道方才長淵與女怨之間的交流，她恍然記起什麼，猛地推開長淵，力道大得讓措不及防的長淵險些摔倒。爾笙神經兮兮地左右張望一陣子，長舒了一口氣。「還好女怨沒出來。」她伸出雙手，又笑道：「來吧，長淵，咱們接著抱吧。」

長淵哭笑不得地看了她一會兒，無奈道：「還是先出了荒城再說。」

聽聞爾笙今日要走，最捨不得的莫過於荒城的守衛們，他們許久沒見過這麼有趣又愛講故事的人，面對又要重新無聊起來的生活，皆愁眉苦臉起來。有個駝背的內彎腿甚至拽著爾笙的手好好泣了一陣子，哭得爾笙也紅了一雙眼地望著長淵，就像是在乞求「咱們再待兩天吧，再待三天吧，再待幾天吧……」。

爾笙自幼孤獨，從來沒有受到過這麼真摯的挽留，所以可恥地心軟了，而長淵便也可恥地心軟了。

他清楚地知道，爾笙只是現在想留下來，她決計不想在這種地方再留五十年。看著爾笙如此不捨，長淵也與她一起不捨起來，而他只是捨不得看爾笙難受。

他只是……想讓爾笙過自己想過的生活。

然而天地運轉，自有規律，即便是上古神龍也唯有遵循。

「都嚎什麼。」女怨自遠處緩步行來，喝退了一眾淒哀的守衛。

她冷冷掃了爾笙一眼，眉頭一皺，出人意料道：「女子的眼淚當是極珍貴的東西，不該掉得這麼廉價。」

眾守衛皆驚訝於城主居然會開口教育人，明明是個只會用武力發洩不滿的傢伙……然而讓他們更為驚訝的是，竟還有人敢頂撞城主。

爾笙瞪了女怨一眼，肅容道：「我與他們相處時間雖不長，但也生了些感情，他們真誠挽留，我報以不捨，都是極珍貴的東西，哪裡廉價了！」

女怨微微一怔，隨即瞇眼細細打量起爾笙來，這才第一次將她真正看在眼裡，而非單純地嫉妒她所擁有的東西。

長淵摸了摸爾笙的頭，又指著緊閉的城門道：「時辰約莫到了，勞煩。」

女怨收回心思，行至巨大城門的正前方，自衣袖中掏出一個拳頭般大小的人頭。那個小人頭做得栩栩如生，膚白如瓷，黑髮披散而下，竟像是活的一般。女怨口中一吟咒，小人頭緊閉的眼倏地睜開，在女怨手中慢慢轉動起來，接著人頭的嘴也跟著女怨一起唱起咒語來。

荒城中不曾消散過的風沙似乎在這一刻微微停頓下來，城門「卡」地裂開一條縫，然後慢慢打開，「嘎吱嘎吱」的聲音聽得人不由得心慌。

城門外是一片黑霧，看不見路，更不知道通向何方。

女怨道：「進去後便一直直走，切莫回頭，直到見到外面的事物為止。」

爾笙看著濃重的黑霧，心中很是猶豫。長淵牽住她的手，帶著她堅定地往黑霧中踏去。

他步伐堅定，爾笙覺得，就算此時長淵去的地方是一片火海，那她跟進去便跟進去了吧。

左右她是捨不得放開他溫暖的手掌。

司命

第九章

且共從容

無方山。

禁地之上，荒城入口顯露於世，數日來，各方人馬齊齊注目無方山。已有一些心懷不軌的妖魔聚集在無方山之下，只是礙於無方山往日威嚴，不敢貿然冒犯。

世人皆知，荒城之中關的都是曾犯下過大罪之人，那些人要嘛曾位高權重，要嘛曾武功高強，沒有一個會是善茬。若是荒城城門大開，將其中之人全數放出，世間必將邪氣四溢，這於妖魔而言自然是件歡欣之事；然而對人來說，那無疑將是場天地浩劫。

所有無方山弟子不得不嚴陣以待。

霽靈已有數日未曾闔眼。她負責監督聚集在無方山東北方的妖魔動向，雖是一些烏合之眾，但現今局勢牽一髮而動全身，任何一方按捺不住有了動作，對於無方山來說必將面臨一場以寡敵眾的苦戰。

她重傷在身，這幾日未曾好好休息，面色白得難看。

沉醉抱著手，閒閒倚樹站著，面無表情地盯著她忙碌的身影，抿脣憋了許久，終於道：「妳該回去歇歇。」

霽靈一聽他依舊閒適的聲音便不由得火大，她回頭冷冷瞪了沉醉一眼。「師父便是不為無方山憂心，也該憂心憂心師妹。師妹走失多日，師父何以不去尋？」

霽靈實在是個面冷心熱的人，幾年的相處，她面上對爾笙依舊冷漠，但心裡卻是實打實地將她當妹妹看待。知道爾笙不見之後，她沒有一天安得下心，奈何師叔指派她做了這差事，她脫不了身去尋，每天都擔憂得焦頭爛額。

偏偏另一個有閒心、有閒時的人愣是像沒了心肺一般，既不憂心無方山，也不去尋爾笙，閒得發慌似地成日跟在她身後轉。

沉醉掏了掏耳朵道：「爾笙那丫頭看似呆蠢，卻比妳識時務得多，修仙教條什麼的，該拋的時候絕不會死抱著不放，更不會讓自己吃了虧去。是以，為師認為妳這一身傷的病患撐死撐活地做這些無聊之事，更令人擔心一些。」

霽靈臉色一沉。「如今荒城入口出現在無方山，各界妖魔聚集，對無方山呈合圍之勢，弟子們共同禦敵，師父竟認為……這是無聊之事？」

沉醉面對霽靈嚴肅的指責，擺手笑道：「憑這麼些小妖怪便算得上合圍無方山？霽靈，妳未免太小瞧師門了。妳師叔伯們愛誇大事實，妳還就真信了？」他望了望禁地的方向，在那方，遠遠地便能感到兩股強大的氣息在安靜地爭鬥，一仙一妖，互相壓制著彼此。

沉醉道：「若是事態真如妳師叔伯們說的那般嚴重，為何仙尊半點不急，還有心情與人鬥法？」

霽靈順著沉醉的目光看去。

仙尊與那名喚孔美人的孔雀妖已暗暗鬥了數日，雖沒有明裡過招，但在暗中較勁卻從沒吝惜著靈力。整個無方山都籠罩在強大的靈力撕扯之下，這也是數日來山下妖魔們不敢貿然動作的緣由之一。

沉醉接著道：「還是在妳看來，仙尊也是個沒有分寸的人？」

霽靈一怔，沉默不語。

沉醉上前揉了揉霽靈的頭髮，將她打理得規規矩矩的髮絲弄亂，摸著她的腦門道：「回去歇著，妳師父再不濟卻還能護妳平安。」

霽靈下意識地要拍開沉醉的手，但聽得他這話，眼眸微垂，任由沉醉像小時候蹂躪她頭髮一般一陣亂揉。

沉醉拍了拍她的頭頂，打著哈欠往前走。「不過既然妳如此擔心，為師便替妳守著，如何？」

霽靈回頭望著沉醉的背影，見他一邊走一邊掏出腰間的酒壺搖了搖，自言自語地說著：「正好缺了兩味不陰不陽的泡酒藥材，乾脆捉兩隻小妖閹掉傢伙試試……」

她伸手摸了摸自己尚還殘留著他掌間餘溫的頭髮，緋紅悄然爬上耳朵，唇邊不經意間溜出的「師父」二字，又瞬間刺痛她的神經，讓她恍然驚醒，接著刷白了臉色。

因為師父，便只能是師父……

霽靈在原處站了一會兒，驀地抬手狠狠甩了自己一個巴掌，清脆的響聲還沒來得及迴響便消失無形。霽靈轉身離去，並沒有看見躲在樹後而未走遠的身影。

沉醉仰頭喝了一口酒，一聲苦笑。「什麼命吶，兩個徒弟，一個二呆，一個痴蠢。司命星君，妳玩我吶。」

他晃著酒壺往山下走，喃喃道：「都明說了別管修仙教條，怎就如此愚笨，如此愚笨……」

霽靈聽了沉醉的話，乖乖回去休息了，但與孔美人鬥著的仙尊卻不能擺擺手就走人。

無方仙尊再是厲害，如此沒日沒夜地拚鬥靈力確實對他的身體帶來相當大的負擔。相較於平日，仙尊的面色已然蒼白許多。

當然，孔美人也沒討得了好，他與仙尊的力量本就在伯仲之間，之前又在捉爾笙的時候被人暗算一記，勉力鬥到現在已快到極限。

孔美人脣色雪白，額上冷汗涔涔，但嘴上卻依舊不饒人：「仙尊，本王無牽無掛，與你鬥得酣暢，輸了，大不了我轉身走人；然而你卻還有整個無方山要背負。如今你消耗了如此多的靈力，彼時另有心懷叵測之人攻上無方山，你又該如何是好？荒城現世，這可是關係天下的大事，仙尊切莫與本王置氣，而耽誤了蒼生大計。」

仙尊面色未變，只淡淡道：「荒城自有人護，無須我無方出力。而你若輸了，卻斷然走不出無方山。」仙尊雖不知此人到底是何身分，但聽他自稱為「本王」，又探出了他的妖力底子，猜想他定與妖界王族關係不淺，所以才費了如此多的周折也要將他擒下。

孔美人聽得這話，微微一挑眉，唇邊一抹嘲諷的笑勾起。「且不論我能否出得了無方山，就說這荒城，何人會來護？無方山一派坐大多年，各修仙門派明裡暗裡總有不滿，難不成仙尊未曾察覺，而今埋伏在無方山四周的皆是妖魔？」

他話音剛落，西邊驀地傳來一陣吵鬧，空中的結界被一陣陣妖氣撞擊得動盪不斷，想來定是那方的妖魔按捺不住，動了手。

孔美人見狀，笑得更為開心。「此變一起，無方山便真是孤立無援了。」

仙尊望向西邊，見一團團妖氣撞在結界上，他面色依舊清冷。「不知死活。」異變突起，天邊一道白光激射而來，孔美人只見那方騰起一層濃濃的煙霧，接著妖氣皆去，所有妖怪竟皆化為灰燼，隨風而散。

孔美人臉色倏地一沉，瞇著眼定定望向臨空踏來的那人——一襲立領藍袍，神色肅穆沉凝。

那人靜靜道：「膽敢靠近無極荒城者，殺。」

此言一出，響徹整個無方，四周本還躁動的氣氛迅速平靜下來。

孔美人慢慢將目光從那人身上挪回仙尊臉上，冷笑道：「本王竟不知，無方山與墮仙成魔者尚有如此深厚的情誼。」

仙尊垂眸不語。

遠處的藍袍男子在空中頓了一會兒，眼神落在已乾涸的湖上。他平靜的面容微微一變，眸中殺氣更甚。「何人敢擾荒城安寧？」

他這話說得奇怪，無極荒城乃是囚禁大罪大惡之人的地方，本就是罪惡之地，又何談安寧……

正在此時，那印刻著「無極荒城」四字的石碑猛地一顫，接著大地之中隱隱傳來嗡鳴之聲。仙尊眉頭一皺，孔美人則疑惑而興奮地打量著下方。

藍袍男子盯著那石碑，黑眸之中好似起了極大的波瀾……

適時，爾笙與長淵剛踏入黑霧中。

他們眼前景色驀地變轉，周遭傳來巨大的轟塌聲，整個世界好似要分崩離析。爾笙不由得緊張地頓住腳步，將長淵的手又握得緊了一分。

察覺到爾笙的不安，長淵輕聲安慰。「莫怕，相由心生。」

方才他們看見的黑霧便是荒城外的結界，結界中是一個天然的迷陣。即便是上古神龍也不能憑蠻力穿透這天地自然形成的結界，長淵也只能堪堪窺破其中些許隱祕。

這裡本是一片混沌，全然分不清南北，沒有參照，又何以知曉自己是不是一直在直走？

城門是女怨開的，她作為荒城城主，若是真對他們存了殺心便絕不會放他們出來，更不會費如此的周折來坑害他們。長淵心想，女怨所說的一直直走，或許不過是每個人心中的「直」罷了。只要不回頭，平心靜氣地往前走，這個結界不久便會不攻自破。

他牽著爾笙穩步向前，每一步都踏在看似馬上便要裂開的縫隙之上。

初始，爾笙越走越心驚，每落一步便拽緊長淵一分。她抬頭看了看長淵挺直的背脊，見他好似無比相信著自己的方向，爾笙呆呆地看了一會兒，跟隨著長淵的腳步也逐漸堅定起來。

她想，長淵在，她便應該相信著長淵所相信的。

走了一小段路之後，她發現四周的景色雖然依舊破碎得讓人心慌，卻並沒有對他們造成實質的危害。

爾笙素來便是個得寸進尺的小人脾性，知道平安無事之後，便一蹦一跳地玩起來。她故意踩在看似極危險的裂縫上，聽著它發出「卡卡」的破碎聲，然後牽著長淵嘻嘻傻笑。「長淵，你看這樣像不像那句話說的……嗯，談笑共赴生與死……」

長淵接過爾笙的話，唇角是淡淡的微笑。「且共從容。」

兩人手牽著手，一步一步向前，並不知道在他們身後，他們每走過的一步便生了一朵蓮花，搖曳在黑暗之中，美似幻夢。

不知走了多久，爾笙忽見頭頂亮光一閃，這一點兒微光在漆黑的環境中顯得尤為刺眼。爾笙好奇地抬頭望去。「咦？」她拉了拉長淵的手。「那個光在變大……」

她話音未落，長淵面色倏地凝了起來，他反手抽出一直配在爾笙腰間的一鱗劍，舉手的一瞬，那耀目的白光便已行至眼前。

另一柄寒光凜凜的劍與一鱗劍猛烈地撞在一起，刺耳的鏗鏘聲震得爾笙胸悶欲嘔。

長淵一聲低喝，逕自將來襲的那人彈開。

爾笙忙護住心脈，迅速調整好內息，抬眼望去，她感到奇怪。「荒城結界中怎麼會有人？」

剛說完這話，那人周身的白光散去，爾笙看清他的面容，微微一呆。那眉間火紅的印記如燒一般鮮豔，爾笙怎會忘記這個一見面就對自己存了殺心的墮仙——

長安。

看見長安，爾笙下意識地抱頭蹲下，剛想沒骨氣地求饒，恍然間想起長淵還在身邊，她又顫巍巍地跑到長淵身邊，強撐著背脊望著長安道：「我不認識司命，更不是司命，別殺我……」她回頭看了看長淵。「們！」

幼時的某些影響註定會纏繞一生。儘管現在的爾笙學會了很多仙術，長淵也沒有身負重傷，與長安對敵指不定是誰吃虧，但爾笙在腦海裡便已經認定了墮仙長安是強悍得無人超越的存在。還未打，便先向他認了輸。

長淵在爾笙身後摸了摸她的頭髮，張嘴準備說「不用怕」，爾笙便已捏住長淵的手道：「長淵，沒事，我會護著你的，這次不會讓他再傷你了。」儘管說這話的時候，她自己都在沒骨氣地顫抖。

長淵聽了爾笙的話，竟真的收斂掌心的神力，摸了摸她柔順的頭髮，點頭答「好」。

長安瞇眼打量一番兩人的互動，一聲冷笑。「上古神龍，與司命轉世糾纏過深，註定不得好果。」

他這話並非詛咒，而是事實。但凡知道爾笙是司命轉世的人，都猜想她是下界歷劫的，而歷劫的神仙哪一個會有好果子吃。

爾笙茫然，想轉頭看長淵的表情，腦袋轉了一半，又被長淵掰回去。他輕聲道：「莫回頭。」聲音一如往日般平靜。

在長淵看來，爾笙這一輩子結局如何，他無法預料，唯有拚命護著便是了。長安沒興趣深究這兩人之間的關係，他握著寒劍，冷聲問：「你二人闖入荒城，意欲為何？」在長安看來，無方山禁地湖水枯竭、荒城石碑外露，定是有人刻意為之，此時又見長淵、爾笙二人出現在結界中，心裡不免起了誤會。

「我們沒闖。」怕長安一個脾氣暴躁又動手，爾笙忙解釋：「是女怨抓錯了人，又把我們放出來了。」

聽聞「女怨」二字，長安的面色微微一動，他兀自發了一會兒呆，不知又突然想到什麼，眉心的墮仙印記燒一般閃亮起來，眸中戾氣大盛，舉劍便向爾笙砍來，口中喊著「司命」二字，彷彿恨不得飲其血、食其骨。

爾笙大驚，伸手去抓身後的長淵，想拖著他一起跑；而長淵已縱身一躍，握著一鱗劍與長安鬥作一堆。兩人過招奇快，爾笙全然看不清兩人的招式。

她急得跺腳罵道：「這貨怎生的和女怨一個脾氣，說動手就動手，半點徵兆也沒有！」她腦海中突然閃過一道光。是了，女怨說過她與長安曾經是夫妻……女怨還託她打聽長安的消息……

看著鬥作一堆的兩人，爾笙突然冒出了不大道德的想法。她清了清嗓子道：「女怨叫我出去打探一下墮仙長安的消息。」

纏鬥著的兩人身法明顯慢了下來。

爾笙又揚聲道：「她說，她只想知道你過得不好，你不好，她便好了。」

適時，長安身影一頓，一鱗劍收不住勢頭逕直扎入長安肩頭。

爾笙見長淵贏了，尚在歡欣鼓舞地拍手，哪想長安連哼哼也沒發出一聲，赤紅著眼，瞪著爾笙，也不管肩頭還插著一鱗劍，揚手便把手中的寒劍衝爾笙狠狠擲過來。

此時棄劍無疑是棄了自己一條命，誰也不曾料到他對爾笙的恨意竟如此深重。

長安這一擲，既拚盡全力，又出其不意，爾笙哪裡躲避得及，她只覺心口一涼，整個人便隨著劍的力道向後仰去。彼時她還沒感覺到痛，先覺得四肢無力起來，她摸了摸自己的心口，劍身已整個沒入。

爾笙臉色先是被唬白的，顫巍巍地吼了兩聲「我不要長雞胸……」便嚇得暈死過去，全然沒感覺到疼痛。

而長淵聽聞那聲利劍刺破肉骨的聲音時，腦海便嗡的一響，再聽不見其他聲音。他瞳孔猛地緊縮，心臟從未跳得這般紊亂過，莫名的懼怕湧上心頭，他抽了一鱗劍，忘了對手尚在，也忘了女怨的囑咐，將所有的顧忌都拋在腦後，只想尋找爾笙的蹤影。

他回頭的一剎那，看見爾笙靜靜躺在朵朵白蓮之中，胸口處淌出來的血慢慢暈染開來，沾染了蓮花根部，讓蓮花美得怵目驚心。

心頭莫名的鈍痛令長淵皺了眉頭。

「爾笙……」

他緩緩向前挪了一步，四周忽然傳來崩塌的聲音。長淵不予理會，仍舊自顧自地向爾笙走去。他想，即便爾笙就此死了，也絕不能讓她孤零零地躺在那兒。他比誰都清楚，爾笙最怕孤單。

長安捂住肩頭，看著躺在那方了無生氣的爾笙，冷冷一笑，剛想離開，忽覺腳下一軟，四周的空氣變得凝滯起來，好似變作了沼澤，沉重得令人無法呼吸，連手腳也無法自如活動，更有股莫名的力量拉拽著他一直往下陷。

他也懶得掙扎，任由越來越沉凝的空氣將他拖向未知的地方。

視線模糊前的最後一眼，他看見在爾笙的四周，蓮花已盡數破碎，化為齏粉，如同在水面上漂浮著一般，一波一波地蕩漾。而那隻上古神龍抱著爾笙靜靜地坐在那方，為她拔了劍、止了血，以神力與荒城結界對抗著，奮力為懷中之人撐出一片天地。

有什麼用呢？長安想，誰鬥得過天地。

果不其然，在長安的身影被荒城結界的黑暗吞噬的那一瞬，長淵以金光撐出來的一方容身之地，也慢慢被推擠、吞沒。

長淵摸了摸爾笙漸漸冰涼的臉頰，淡淡地想，爾笙若是就此返回上界，變作司命星君，以後便不能隨便咬她了吧，左右這是與親密的人才能做的事。

對於司命來說，她所期待的人應當是天帝。

真是莫名地讓人有些……長淵琢磨一會兒，終是拉了這樣一個詞出來。

妒恨。

周身金光漸漸隱沒，荒城結界之中再次歸於一片黑暗的死寂。

無方山。

在墮仙長安闖入荒城石碑之後，沒過多久，乾涸的湖中再次溢出湖水，慢悠悠地填平湖泊，再次將無極荒城的石碑掩蓋於湖水下，而進去過的人卻沒一個再出來。

孔美人一挑眉，不再強撐著與仙尊鬥法，他一揮手，妖力逕直打在湖面上，湖上光亮閃過，妖氣盡數被彈開。他心知此次憑他一人之力定是無法突破荒城結界的，他嘛嘴道：「罷了，知曉荒城在此地便好，以後本王再來看看就是。」

仙尊察覺到他想逃的意圖，捻了一個縛妖訣，在天空中撐出一片耀目的藍光，光芒漸漸收攏，往孔美人身上套去。

孔美人駕雲躲過，吹了一聲響亮的口哨。一時間，無方眾山間一陣躁動，數不清的鳥兒自林間飛出，爭先恐後地往縛妖訣上撞，弄得那方天空黑壓壓一片。

孔美人趁仙尊忙於應付突然襲去的鳥群，目光犀利地在下方尋找了一陣子，絲毫沒有探查到爾笙的氣息。

他心中不由得氣惱，而今那丫頭身上帶著邪靈珠的氣息，又吃了骨螨的內丹，乃是個極佳的煉化之器，說不定還能讓世間再出一顆邪靈珠來……

但偏偏是個極不聽話的丫頭！

孔美人暗自在心中咬牙，抬眸一看，見無方仙尊已快從鳥群的襲擊中脫身，此時不走，待會兒怕是真走不成了。孔美人對仙尊笑著揮了揮手，丟了一個媚眼，才化作一股青煙消失蹤跡。

仙尊眉頭狠狠一皺，當他終於從這些沒頭沒腦的鳥兒衝撞中解脫，孔美人的氣息早已消散於空中。他望著孔美人消失的方向，靜靜沉思。

驅使動物確實是妖族的本事，但是控制如此多的動物，非魔族之力不可。

千年前，魔族犯上，戰神陌溪以武力血腥鎮壓，率領天兵直下九幽魔都，殺得魔界血流成河。而今算來，魔族應當恢復了元氣。那孔雀妖自稱為「本王」，到底是妖界的王族還是魔界的王族？

若是魔界的人，他們尋邪靈珠，找無極荒城，到底意欲為何……

一滴水落在空洞中的輕響，她輕合的雙眸微微一顫，聽見雌雄難辨的聲音輕聲喚道——

「爾笙，爾笙……」

她皺了皺眉，睜開眼，眼前一片刺目的慘白。她瞇著眼適應許久，才敢把眼睛完全睜開。四周皆是紙般的雪白，她站起身，揉了揉自己的心口，感覺那處空蕩蕩的，不復往日的溫熱。

「爾笙。」

那道聲音鍥而不捨地喚著，她好奇地四處張望，好不容易在一個角落看見了一團灰溜溜的影子。她走上前，駐足打量。「這是什麼？」

「我是何物並不重要。」

灰色的影子清晰的回答嚇了爾笙一跳，她往後退了兩步，三分戒備、三分害怕，更多的卻是好奇。

那物似乎能看透爾笙心中所想，輕聲喚道：「莫怕，我不會害妳，反而現在唯有我能救妳。」

「救？」爾笙感到奇怪，她將自己上下摸了一遍。「我好好的，不用救。」影子桀桀怪笑起來。「好好的？妳的心被扎了一個洞，這還是好好的？」

忽聽這話，爾笙一怔，倏覺自己心口猛地一涼，她低頭看去，竟發現胸口處破了一個洞，冷風呼呼地灌進去，卻沒有流出一滴鮮血來。她不由得驚駭地瞪大眼，喝喝抽了幾口冷氣。「這……這是什麼？」

腦中混亂的片段飛花一般飄過，她恍然記起昏迷之前發生的那一幕，寒劍直直刺入胸腔的鈍痛，以及長淵駭然的眼神。爾笙猛地一顫，四處張望，急急問：「這是哪兒？長淵呢？」

「此處乃是妳的心房。」影子道：「血已經流盡，過不了多久，妳便會直接消失了。」

爾笙呆怔地望著影子，聽不懂他說的話。

「爾笙，妳快要死了。會失去靈識，消散於天地間……」影子的聲音帶著些許調笑的輕浮。「妳可想死？」

對爾笙來說，他問的實在是一句廢話。「你說話快點，也別說這些廢話了，待會兒我死透了怎麼辦？」她直奔主題道：「你說可以救我，但要怎麼才肯救？」

以物易物這種思想是沉醉教給爾笙的，想背著偷吃燒雞可以，但必須帶壺酒回去孝敬師父。

「呵，我就愛妳這直爽的脾氣。」灰影道：「只要妳與我立一個血誓，我便可將妳心上的洞填堵好，讓妳得以繼續活下去。」

爾笙好歹也修了幾年的仙，知道血誓這種東西不是能亂立的，弄得不好，應了誓言灰飛煙滅、萬劫不復也不是不可能的。她身上的刺一豎，戒備起來。

「你想幹麼？」

「別急。」灰影安撫道：「我要妳許諾的東西並不多。妳且看看這一方天地，此處乃是妳的心，我只須妳允我在此處隨意活動便行。」

爾笙盯著他，不置可否。

「妳不答應也沒關係，左右妳活著，我被困在這裡不可挪動一分；妳死了，我也被困在這裡，沒什麼區別。但於妳而言卻萬萬不同了，妳活著便還能見著師父、師姊，還可以仗劍天下、恣意行俠，還可以見到長淵……妳想想，你們分別三年，這才重逢多久？妳若就此去了，長淵想必是傷心非常；更甚者，與妳一同入了黃泉也說不定。」

隨著影子極是誘惑的聲音，他所說的人或事都變為極為生動的畫面浮現在爾笙腦海裡。當她想到長淵握著一鱗劍孤零零地站在一片混沌的黑暗中，頓時渾身一寒，望著灰影遲疑道：「你當真只是在這一處活動？」

「血誓的約束對妳我而言是一樣的，妳允我在此處活動，我便只能在此處活動。日後妳活著，我便不會死，所以從今往後，我必定護妳安危。」他的聲音中帶著奇怪的笑意，雌雄難辨的聲音聽起來讓人覺得莫名的害怕。

爾笙心中有無數疑問。

你是誰，為什麼在我心房中，你想幹麼？

然而這些問題都沒來得及深究，隨著空間慢慢開始細微的震動，影子輕聲道：「心房快塌了，爾笙，妳快死了。」

爾笙一咬牙，道：「放血，立誓。」

影子桀桀笑著，纏繞在爾笙腦海中，在日後變作了揮散不去的夢魘。

長劍穿心而過，即便爾笙修過幾年的仙，即便有長淵渡了神力要救她，對於尚未修得真身的人來說，受了這樣的傷定是活不了了。長淵也這樣以為。

在爾笙的呼吸斷絕很久以後，在長淵開始盤算要將爾笙葬在何處時，被抱在懷中的人動了動，迷迷糊糊地睜開眼。

長淵訝異了一瞬，腦海裡閃過「詐屍」二字，隨即又淡然下去。他摸著爾笙的頭髮道：「別人詐屍定不如妳詐得這般好看，爾笙果然與眾不同。」爾笙掙扎著要坐起，長淵卻將她抱得更緊了些，不讓她動。「別亂跑，待會兒我挖了坑，若是找不著妳了，該如何是好。」

他說得平靜，爾笙卻聽得呆了，她痴痴地看了長淵一會兒，道：「長淵莫哭，爾笙不跑。」說著，笨拙地伸手去抹長淵臉上的淚跡。「我就是詐屍也定圍著你詐的。」

察覺到觸碰自己臉頰的手指帶著些許溫度，長淵怔了怔，一手握住爾笙的手腕，感覺到她皮膚下微弱的跳動，他望著爾笙，眼神都直了。「爾笙？」

「嗯。」

聽得這聲答應，長淵忽覺喉頭一梗，一時竟有些說不出話來。「妳……揍了閻王，所以才回來的嗎？」問出這話，長淵自己都覺得好笑。爾笙是司命投的胎，她若死了，自然是回歸本位，做回司命星君，哪會入冥府見冥王。

爾笙聽了他這話，嘴角動了動，最後卻是拉扯出一個笑臉道：「我捨不得長淵。」

害怕他擔心，爾笙第一次對長淵有了隱瞞。

長淵此時哪有心思去琢磨其中緣由，他埋下頭，脣畔輕輕碰在爾笙的額頭上。「我也捨不得……」

若是爾笙此次死而復生算是天意，長淵想，那麼千萬年來，他從未有如此感謝過天意。

兩人互相依偎著緊緊坐了一會兒，長淵摸到爾笙脈搏的跳動越發強健，混亂的心神這才慢慢穩定下來，開始琢磨其他的東西。比如——

這是哪兒？長淵只知道荒城結界中的黑暗吞噬一切，但是這之後發生了什麼，他卻沒有半分印象。在他眼中，只有爾笙不停湧出的鮮血和逐漸蒼白的臉頰。直到現在，他舉目四望，才知道他們到了一個不知是何處的地方。

此處遍地的白花，一團一團簇擁在一起，鋪天蓋地蔓延至天際。而天空灰濛濛的一片，分不清是將要日出還是快要日落。這景色雖美，卻美得過於單一，讓人在一時的驚豔之後，難免產生些許不安。

爾笙感覺體內的氣息漸漸順暢起來，她扭扭屁股，從長淵懷裡坐起來，望見這處景色，張嘴輕嘆：「這是什麼地方？滿地菊花啊……」

長淵信手摘了一朵身邊的花，手剛一碰到花枝，嬌嫩的花瓣便瞬間枯萎，化作黑色的粉末落了長淵一手。

爾笙驚了驚，同樣也伸手去摘花，也換了一手黑色粉末回來。爾笙心中很是悲傷。「長淵……咱倆有毒嗎？一碰這菊花，它還沒死就直接化成灰了。」

「此花非菊。」長淵捻著手中的粉末放在鼻下輕嗅，隨即道：「應是上古蘭草。花瓣細如絲，而葉中多汁，一遇生氣立死。在古時，此花本生長在沒有人煙的地方，但後來因為各類生物繁衍生息，天下生氣漸多，最後，此花終是消失於世間。」長淵皺了皺眉頭，心中困惑非常。「此花應當在洪荒之前便已消失，因為年代久遠，甚至連名字也未曾傳下來……而今為何會在此處出現這麼多？」

爾笙被他前面的解說唬得呆住。「長淵，無方山藏書閣應當把你擺進去。」

長淵摸了摸爾笙的頭。「我以前本是不知曉這些的，都是友人告訴我的。」

爾笙默了許久，將長淵的手握在手中，問：「司命？」

爾笙並不傻，她現在還記得她與長淵第一次相遇時，他脫口而出的「司命」二字，可見他與司命的關係匪淺；再者，這天地之間能知曉如此多稀奇之事的人除了司命星君，還有誰？想到在自己不認識長淵的時候，那人卻已經與他關係這麼好了，爾笙有些吃味，她緊緊盯著長淵問：「你喜歡司命嗎？」

長淵微微一怔，沒想到爾笙竟能猜出司命來，他琢磨了一會兒，點了點頭。「喜歡。」

司命是長淵在萬天之墟當中見到的唯一一抹顏色，她大膽得囂張，博識而依舊有童真，對於被幽禁太久的長淵來說，很難不去喜歡這麼一個有趣的人。

但司命心有所屬，與長淵相處，雖然開的都是些離經叛道的玩笑，但在男女感情上，司命的分寸卻拿捏得極穩，絕不越雷池一步。長淵鮮少與人接觸，這方面的事情哪能算計得過寫了萬千命格的司命星君。司命根本就沒給他生出多餘心思來的機會，她只想與他做朋友，所以他們便只做了很好的朋友。

而爾笙卻全然與司命相反……

「喜歡？」聽到長淵說這兩個字，爾笙立馬不樂意了。「我說過以後不會讓你納小妾的！」

長淵呆了呆，沒料到她竟說出這麼句話來。見爾笙說得一臉嚴肅，長淵便也同樣嚴肅地應了。「我不納。」

「可你喜歡她。」

「是喜歡……」

爾笙面色一白，眨巴眨著眼，帶著半絲絕望地控訴：「你變心了。」

有那麼些時候，他們之間總是會發生即便長了十張嘴也解釋不清楚的誤會。長淵索性閉上嘴，望了她一陣子，然後把腦袋湊到爾笙旁邊，正正經經地咬了她嘴唇一口，認真道：「爾笙，我不咬別人。」

長淵解釋不清楚他對司命的喜歡和對爾笙的喜歡有什麼區別，在他看來，好像只有咬一咬這個舉動能證明兩人的不同。

長淵咬得不痛，卻在她唇上印出了兩個淺淺的牙印。爾笙抿了抿唇，細聲道：「真想見見那個司命，你這麼喜歡她，我一定也會喜歡她的……只要她不做小妾。」

「妳見不到她……」長淵唇邊的笑還未展開便斂收起來，他忽然意識到一個之前一直被忽略掉的問題；或者說，這個問題他一直清楚地知道，卻從來沒有認真地深思過。

爾笙與司命根本就是同一個人。

爾笙這次受了長安一劍，雖然奇蹟一樣地活下來了，但是這樣的奇蹟並不會次次發生。司命下界歷劫，終歸有應劫的那天，或是度劫飛昇，重返仙位；或是度劫不成，墮仙成魔，抑或化為劫灰。但不管如何，所有的結局都是司命的，爾笙在這之前便會徹底消失，他所喜歡的人將會變為另一個女子。在那個人心中，有一個摯愛的男子，與神龍長淵再無關係。

彼時，面對不再把長淵當作夫君的「爾笙」，他又該如何自處？

爾笙一邊玩弄著長淵漂亮的手指，一邊好奇地問：「為什麼見不到？因為司命是神仙，高高在上，不會下凡來嗎？那我就努力修仙，到時候也成了神仙，再去見她就好了。」

長淵用另一隻手摸了摸她的頭髮，兀自沉思，一言未發。

許是被長淵摸出什麼靈感，爾笙眼神一亮，高興道：「我說真的，我努力修仙，歷劫飛昇之後便也是神仙了，到時候和長淵雙宿雙飛豈不美死了。」

「無須羨慕神仙。」長淵說得淡淡的，神色中卻帶著幾分悲憫。「爾笙如此便是極好。」

爾笙想也未想，脫口而出。「那如果有一天我死了，長淵怎麼辦？」長淵手指一僵。

半天未聽聞長淵答話，爾笙抬眼瞅了瞅長淵，瞥見他的臉色，立刻擺手道：「不死了，不死了。打死我，我也不敢死的。」她捧著長淵微涼的手，緊緊貼著自己溫熱的胸口道：「我一直陪著你，看山看水，看你想看的一切，好不好？」

爾笙這諾言許得輕浮，長淵挪開視線，望著遠方看不見頭的白花，輕聲道：「還是先探明此乃何處，離開再說吧。」

爾笙打量了幾眼長淵的神色，乖乖應了，站了起來。她瞭望遠處，一聲長嘆。「這得怎麼走啊！」

長淵在她身後沉默許久，卻問了一個與爾笙的話全然不搭邊的問題：「爾笙，妳是如何回來的？」

寒劍穿心而過，這麼短的時間裡，止了血，癒合了傷口，身體好得能活蹦亂跳，即便是長淵也無法做到如此地步，也難怪他會好奇。

爾笙摸著頭，憨憨笑了笑。「我真揍了閻王。他說我太混帳了，除了長淵，誰也壓不住我，所以就把我踢上來了。」

「……甚好。」

長淵垂了眼眸，想，現在不說便不說吧，以後把她灌醉了慢慢問就是。

兩人選定了一個方向，便開始尋找出路。此地像是一個從未有人到過的世外桃源，遍地的白花在兩人走過之後枯萎出一條蜿蜒的黑色小路。爾笙回頭一望，便能看見自己身後越來越長的小道，這樣的感覺就像是他們走出這個世界的第一條道路。

爾笙有些亢奮地蹦躂兩下。「長淵，我們像不像創造世界的神？」她拉著長淵的手，走一步、甩一步，高高地搖晃著，像是在炫耀著他們現在很親密、很幸福。「我說我走過的地方要有一條路，然後路就出現了。」她一步跳到前方，被踩到的白花迅速枯萎化灰。「我說這裡要有個坑，坑便出現了。」她手臂一揮，豪邁地指向天際。「我說那裡有道光，然後光……」

最後這話本是想開個玩笑，但不料爾笙話音未落，她指的那方還真就猛地射出一道紅光，直直沒入天際。

爾笙駭然地凸了眼。「出……出現了！」

長淵眼眸微微一瞇，他敏銳地察覺到伴隨著那道紅光的出現，空氣中慢慢飄散來一股莫名熟悉的感覺。爾笙在最初的驚駭之後，立馬反應過來，放開長淵，左手指著右手掌心，十分嚴肅地說：「燒雞、烤鴨、餛飩、餃子全都來！」

風撩起白色絲狀花瓣飄過她掌心，接觸到她的氣息之後，立馬化為黑色灰塵飄散於空中。

爾笙很失望，長淵很無奈。

「為什麼說吃的就不靈了？」爾笙可憐兮兮地望長淵。

「興許是……被上稅了。」長淵想到以前司命告訴他，在凡界，人們自己的東西會莫名消失的理由，含含糊糊地答了一句，又正色道：「我們先去看看那道紅光。」

有了目標便比胡亂轉好上許多，兩人走了沒多久，便快到了紅光發出的地方。離得越近，長淵的眉頭便皺得越緊，他明顯地感覺到四周的氣息在不斷遏制他體內的神力，就像是千萬年來在萬天之墟中所感到的壓迫一樣。他見爾笙神色未變，步履依舊輕快，心中有了計較。

在萬天之墟中，神力越是強大便受到越大的制約，以至於長淵在裡面都無法化為人身，而當初的司命卻比他好受許多。此處約莫與萬天之墟中是同樣的道理。

長淵神色沉凝地望著射入天際的紅光，在他印象中，除非是攸關天地命脈，抑或是萬天之墟這樣的囚禁之地，沒有哪處會布下這樣的封印。萬天之墟中的封印是為了防他逃出作亂，這裡又是為了防什麼呢？再者，此處遍布上古蘭草，想來至少已有數十萬年未曾有人踏足。如此隱祕，卻又小心地布下了這樣的封印……

難道此處隱匿著什麼可怕的驚天祕密？

「長淵？」爾笙一直往前走著，等她沒聽到身旁的腳步聲時，才發現她已經離長淵有些遠了。「快走啊，你在想什麼？」

長淵把自己的想法與爾笙說了，爾笙別的沒管，一個勁地問：「你不舒服嗎？哪裡不舒服？」

長淵哭笑不得地望了爾笙一會兒，既無奈又覺得可恥的心暖。「無妨，不過是被壓制了些法力。當下最麻煩的應是，若我都猜對了，那我們若想出去，幾乎是不可能的。」

爾笙一呆。「為什麼？」

「此地封印之力極其霸道，我體內神力被壓制了大半，若要強行闖出此地，必定是不可能的，此其一。其二，這裡數萬年未曾有人發現，定是藏得極其隱祕，若我想得沒錯，它的入口應當在荒城結界之中，只有那樣的地方才能保得此處一直不被侵擾。想必是我們不小心觸動到什麼，在機緣巧合之下才落入這裡。它入口已是如此隱蔽，出口……或許根本就沒有。」

爾笙將長淵這話琢磨一番，道：「既然這樣，我們原路返回好了。咱們怎麼進來的，便怎麼出去。」

長淵搖了搖頭。「此前我們被荒城結界的黑暗拖了進去，怎樣進入此地我已不知。」

「那怎麼辦啊……」爾笙撓頭尋思一會兒，一拍手，決定道：「如果一直出不去，咱們就在這裡將就著過吧。我生孩子，你蓋房子，咱們就真的做創世的神明，在這個只有花的世界裡造出活物來！」

看著爾笙灼灼的目光，長淵不知想到什麼不單純的東西，在自己的思緒中慢慢燒紅了臉。

「咳。」他輕咳一聲，扭過頭望著天邊的紅光道：「我們還是先去那方看看，興許會有別的收穫。」

「也行。」爾笙道：「只要能和長淵一起生孩子，在哪裡都行。」

爾笙大搖大擺地甩著胳膊，豪邁地向前走。長淵跟在後面，認真地思考許久，小聲呢喃：「還是在房子裡好……」

司命 上

作　　者／九鷺非香
執 行 長／陳君平
榮譽發行人／黃鎮隆
協　　理／洪琇菁
總 編 輯／陳昭燕
美術監製／沙雲佩
美術編輯／陳姿學
國際版權／高子甯、賴瑜妗
文字校對／朱瑩倫、施亞蒨
內文排版／謝青秀

國家圖書館出版品預行編目資料

司命 / 九鷺非香作 . -- 1 版 . -- 臺北市：城邦文化事業股份有限公司尖端出版：英屬蓋曼群島商家庭傳媒股份有限公司城邦分公司尖端出版發行，2024.06
冊；　公分
ISBN 978-626-377-815-3（上冊：平裝）

857.9　　113003764

出版／城邦文化事業股份有限公司　尖端出版
臺北市南港區昆陽街 16 號 8 樓
電話：（02）2500-7600　傳真：（02）2500-2683
讀者服務信箱：7novels@mail2.spp.com.tw
發行／英屬蓋曼群島商家庭傳媒股份有限公司城邦分公司　尖端出版
臺北市南港區昆陽街 16 號 8 樓
電話：（02）2500-7600　傳真：（02）2500-1979
劃撥專線：（03）312-4212
戶名：英屬蓋曼群島商家庭傳媒（股）公司城邦分公司
劃撥帳號：50003021
※ 劃撥金額未滿 500 元，請加付掛號郵資 50 元
法律顧問／王子文律師　元禾法律事務所　台北市羅斯福路三段 37 號 15 樓

台灣地區總經銷／中彰投以北（含宜花東）　楨彥有限公司
電話：（02）8919-3369　　傳真：（02）8914-5524
雲嘉以南　威信圖書有限公司
（嘉義公司）電話：（05）233-3852　　傳真：（05）233-3863
（高雄公司）電話：（07）373-0079　　傳真：（07）373-0087
馬新地區總經銷／城邦（馬新）出版集團 Cite（M）Sdn Bhd
電話：603-9057-8822　　傳真：603-9057-6622
E-mail：cite@cite.com.my
香港地區總經銷／城邦（香港）出版集團 Cite（H.K.）Publishing Group Limited
電話：852-2508-6231　　傳真：852-2578-9337
E-mail：hkcite@biznetvigator.com

版　次／ 2024 年 6 月 1 版 1 刷　Printed in Taiwan